KB019336

낯선 나

여행은 캐리비안 해적이다
해적조차 고향처럼 익숙해지면 여행은 종점이다
도둑에게처럼 소리가 천둥소리만큼 크다가
친숙한 개 짖는 소리가 되면 낯익음조차 없다
쳇바퀴가 돌아도 도는지 모르는 다람쥐 걸음이다
살아 숨 쉬는 여행은
해적들끼리도 낯설다
계절과 시간과 벤치와 길이 낯설어야 해적이다

여행은
빙하 녹아내린 호수에서 낯선 '나'가 나를 물끄러미 바라보는
일이다

여행 그림자의 노래

예서의시 029

여행 그림자의 노래

최기재 시집

차례

낯선 나

제1부 여행 그림자의 떠나는 길

4

제2부 신들의 재림

제3부 실크로드와 오아시스

제4부 고산에 피는 꽃

제5부 캐리비안 크루즈

제1부 여행 그림자의 떠나는 길

고함을 질러보자
-태평양 괌에서-

괌 여행에서 고함을 질러보자

소리치기 딱 십상이다

태평양 가운데서 고함을 지르면

누구도 가로막지 않고

바람이 바람에 실어

파도가 파도에 실어

나에게서 내가 지르는 소리가 바다 위로 흐르다가 뭍에 이르고

나에게서 내가 지르는 소리가 구름에 실려 지구의 반대편에

이르다가 하늘에 스민다

바다를 발갛게 익히며 뜨는 해, 지는 태양에 타다가 재가 된다

괌에 와서 괌을 질러야 한다

몸속과 몸의 겉에 달라붙은 찌끼들을 담아

배에서 일어나는 복식 발성으로 고함을 질러야 한다

이따금 출렁이는 바다 이랑에 나를 맡겨 내가 흐르는 나를 보

아야 한다

태평양 깊고 너른 바다에 한 점 나로 고함을 질러야 한다

괌에서 괌을 질러야 한다

그곳 섬에서 나의 껍질을 터트려 갈기갈기 찢어야 한다

여행 그림자의 떠나는 노래

태양이여, 떠오르라
월광아, 비추어라
그림자 나는 너를 따르리
아침저녁으로 길게 늘어뜨리고
한낮에는 너의 발아래 너와 함께 서리

먼 길 떠나는 그대여
그림자도 설레노라
함께 걸어온 날들 벅차고
앞으로 나아갈 시간들 영롱한 무지개라
쌓이고 더한 생의 길에 채색한 수를 놓으리

떠도는 자아,
너의 실체가 사진으로 찍히지 않으니
홀로 너 자신과 만나는 순간에 함께 하리, 증언하리
먼지와 혼돈 속에서 너를 찾아
갠지스 강에 피를 씻고 눈의 때도 닦으리

비바람 몰아쳐도 삶이고
태양이 솟구쳐도 인생인 줄

나, 너의 그림자는 알고 있노라
연착하는 기차
궤변 속 삶도
그림자는 너와 함께 따르리
여정이여
삶이여, 그대 걷고 쉬고 또 걸으리
껍데기를 다 버릴 때까지 걸으리

여행의 이유

그냥 걷고
그냥 보고
그냥 여행지에 취하고
내가 먹던 음식,
내가 보던 사람,
내가 하던 일,
모두 허물 벗듯 벗으면
나는 오롯이 나로 빛난다
그 빛이 내 몸에서 배터리처럼 닳게 되면
다시 떠나야 하리
빛이 갉아먹은 나를 채워야 하리

내 몸에 남는 영양분은 비만의 집을 짓고
부족한 영양분은 쓰러지는 빈혈의 건물이다
인간은 본래 걸어야 하는 동물,
인간은 걸어서 길을 내고
걸어서 삶을 초기화한다
여행은 중앙아시아 비탈진 길을 오르내리는
양들처럼 길을 걷는 일이다
없는 길도 찾아 걷고, 만들어 걸으며

물통처럼 넘치는 것은 버리고
허기진 배처럼 모자라는 것은 채워야 한다

여행지의 언어는 사진으로 담을 수 없고
여행지의 자연을 담은 사진도 숨 멎은 자연이다

여행지에 대한 배움은 여행을 누릴 만큼만 하고
누림이 그 배움을 넘어서야 여행이다

삶이 여행인 것을
굳이 여행해야 하는 까닭은
삶이 여행이라는 사실을 잊을까 두려워서이다

배낭 속 나

길 떠나는 나그네여, 빈 배낭에 눈썹은 빼어 놓고 담아라
허물은 남겨 두고 가벼운 배낭에 자기를 담아라
삶의 갈증을 다독이도록 물통에 물을 담아라
가슴을 챙겨 넣고 더 멀리 찾아가기 위해 안경을 담아라
선글라스로 새롭게 보고 맑은 안경으로 선명히 보게 준비해야
한다

길을 나서는 나그네여, 빈 배낭에 소통을 넣어라
불통인 사람이 있듯 스마트폰이 기를 펴지 못하거나 먹통일
때를 대비하여
살리면 살아나는 죽은 전화기를 비축하라
작은 배낭 터질라 노트북은 집에 고이 모셔두고
여력이 있으면 소형 전자기기를 들어야 한다
숨통이 먹통이 될 때 숨통 트인다
방랑자 중에서 또한 숨통을 찾아야 한다

길 떠나면 배고픈 나그네여, 끓통을 배낭에 비집고 넣어라
차를 끓이고 라면을 삶으며 누룽지를 불어나게 하리라
나그네의 우수를 달래리니 커피포트를 가벼이 마련하라
진정한 나그네여, 가볍지만 무겁게 해야 한다

추위에 떨지도 모를 나그네여, 길고 두꺼운 옷을 압축하라
사람은 항시 추운 것
어머니 품을 벗어나려거든 어머니 품을 압축하여 배낭에 넣어라
열대 지방이라도 어머니의 가슴은 언제나 그리운 것
나그네여, 그리움을 압축하여 배낭에 고이 채워야 한다

허기진 나그네여, 배낭을 더 큰 허기로 채워라
작은 허기는 더 큰 허기로 메우고 더 큰 허기는 작은 허기로
산다
나그네여, 단식으로 식사하고 그 포만으로 걸어라
삶은 비움과 채움의 이어짐이니
채우고 비워라
배낭은 비워야 또한 채울 수 있다

생각의 환전

해외 여행할 때는
생각도 환전해야 한다
지금의 생각과 처지를 여행지의 발걸음으로 바꾸어야 한다
여행 속으로 들어가면 여행이 없는 까닭이다

돈과 스마트폰과 여권을 넣어도 될
안전하고 편한 호주머니가 달린 옷을 준비하라
비에 젖거나 빨래하면
아침 햇살에 이슬 걷히듯 마르는 옷을 입어야 한다
옷이거나 모자를 그들과 비슷하게 바꾸어
겉모습을 그들 모습으로 환전해야 속 모습도 그들이 된다
등에 멘 가방도 그들 출근처럼
한술 더 뜨려거든 그들이 놀러 가는 모습으로
그들 돈처럼 환전하라
여행은 길을 걷는 것,
무거워도 가벼워도
헐거워도 너무 착 달라붙어도
신발을 신발로 배낭을 배낭으로 따로 대접해야 하니
있는 듯 없는 듯한 신발과 배낭을 골라야 한다
멋과 화려함을 실용으로 환전해야 한다

있어도 없는 듯해야
그것이 내 몸이나 마찬가지이니
옷과 모자와 가방을 잊고 신발마저 잊어
내 몸에 있어야 할 것을 잃지 않아야 여행에 빠지리

여행지의 음식 앞에서
입맛을 그들 맛으로 환전해야 한다
우리 돈은 그들 돈이 아니어서
우리 돈으로 물건 값을 지불하지 않는 것처럼
우리 입맛으로 음식을 대하지 않아야 한다
짜다고 말하지 말며
진한 향료조차 입 안에 넣고
그 새로움에 경탄하라
그들 맛으로 평생을 살아온 그들 앞에서
그들 맛조차 여행이다

물이 부족하면
고양이 세수하고 신었던 양말 하루 더 신어야 한다
생각을 환전하지 않으면 여행지가 아니니
자신이 생각하는 품격을 내려놓고

그들 품위를 따라야 한다
삶의 방식을 여행지 방식으로 환전하라
달러도 쓰기 불편하다

아예 생각은 환전도 하지 말고 버려야 한다
내가 뒤집어쓴 모든 언어들,
나를 만들어 온 신념의 조각들까지
책상 서랍에 넣고 출발하라
언어와 신념의 자리에 여행지의 경치가 들어오고
새로운 세상으로 채워진다

여행지에 도착하면
돈 씀씀이는 환전하지 않아야 한다
여행지 돈으로 싸거나 비싸거나를 따지지 말고
환전한 돈을 환전하지 않은 돈의 개념으로 지불하라
우리가 일상에서 쓰는 방식으로
환전한 돈을 써 보라
쓰지 않으면 돌아와서 아낀 돈 매양 떠오르리

여행을 훼손하는 모든 것을

환전하라
삶을 훼손하지 않는 모든 것은
환전하지 않아야 한다
나를 잊어도 훼손하지 않아야 여행이다

신조차 과거는 과거

푸시카르의 브라흐마 사원,
사원의 조각은 서툴고
과거 우리가 토속 신에게 소망하듯
가난한 시골 마을 사람들이 신을 경배한다

인도에서 때 묻은 인간은 신을 영접할 때 신발을 벗는다
신들을 영접하는 사원은 천당이거나 지옥이거나처럼 입장료
가 없다
일행들도 외면하는 머리 넷의 브라흐마 신,
물에서 태어났는지
우주의 정신 브라흐만과 마야 아니면 샤크티에서 태어났는지
43억 2천만 년 지속되는 우주를 창조하고
브라흐마의 생애가 끝날 때
우주가 해체된다며
창조는 이미 일어난 일이라네

자식들도 태어나면
부모 마음대로 하지 못하듯
창조된 자들은 창조주가 관여할 일 아니라고
아니, 창조는 이미 과거의 일이라며 눈을 감네

지금, 그리고 내일이 그들 삶이라 하네

악에서 불쌍한 인간을 구하기 위해 아홉 번이나 아르바타로
현신했다니
　일곱 개의 뱀의 머리가 보호하는
　비슈누에게는 현재의 소망이 크다
　춤을 춤으로써 윤회를 주관하는 시바,
　호랑이 가죽에 앉아 세상을 파괴하니
　파괴가 곧 창조라서 위대함의 끝이다
　업보까지 파괴하니 먹고 살기 어려운 이들이여, 시바를 찬송
하라
　윤회를 끊어 미래를 소각하라

　브라흐마,
　그렇다고 여행객들조차 거들떠보지도 않다니,
　흘러간 과거를 거들떠보려 하기조차 하지 않다니,
　걸어온 길은 잊고, 걸어야 할 길만 보아야 하다니.

핑계

한 달 가까이 배낭여행을 하면서 만나
이어지는 모임,
전주에서 청주에서 서울에서
다시 여행을 이야기한다.

어제 못 받은 전화를 했다

나이 많은 여행 형님은
작년에 유럽을 세 번 다녀왔단다
보내온 사진으로는
오 년 전이나 다를 바 없다
젊게 사니
젊은가 보다

살아 있는 날 중
지금 이 순간이 가장
어린 나이,
이것저것 핑계 대다
어느 날 죽지

로망과 현실 사이

로망과 현실 사이에는 두 발이 있다
스쳐 지나면 로망이고
발을 내디디면 질척이는 현실이다
떠나기 전 그리워할 땐 로망이고
도착하는 순간 로망은 그 너머 발 없는 무지개다
여행은 여행을 위한 순수로서 로망과 현실이나
현실은 언제나 높고 낮음이 있다
만남은 기다림의 기대이나
대면은 기대의 아래와 위로 나누어진다
삶은 언제나 그 자리에 돌처럼 나무마냥 서 있다

홉스굴의 로망은 꽃길이며 맑은 물 속 유영이지만
또한 소똥 말똥 야크똥 길이며
모기와 파리의 낙원 속 몽골의 차디찬 호수다
어디 세상에 낙원이 있을 수 있고 없을 수 있겠는가
어느 세상에 로망이 있고 또한 현실이 있을 수 있겠는가
로망은 그저 돌뿐 나무뿐 호수의 차디찬 파란 물뿐이다
그저 햇볕에 쉬이 반응하지 않는 무생물이며
또한 햇빛에 쉬이 응대하는 푸른 초원의 유생물이다

종교 여행
—퉁런 러궁 예술관에서—

종교가 예술을 만든다.
종교가 생활을 만들고
종교가 음식을 만들며
종교가 건축을 창조하여
도시를 만든다.
종교가 남녀를 사랑하게 하고
종교가 비를 태연하게 맞게 하며
종교가 춤을 추고 노래하게 한다.

종교는 세상의 세포이다
종교는 우주의 벽돌이다
여행은 종교 산책이다.

흔들리며 걷기

삶은 흔들리며 걷는 것,
여행은 걷는 것이니
삶은 불타는 여행이다.
물처럼 바람처럼 걷는 여행이다.
구름처럼 흔들리며 걸어야 세상을 본다.
청두의 두보 초당의 대숲도 여행자를 보려고 흔들린다.

마른나무는 흔들리지 않는다.
다만 소멸할 뿐이다.

검정과 하양

다르질링 초우라스타 광장을 끼고 오른쪽 길로 들어선다
비가 가볍게 내린다
젊은이들 대여섯의 운동이 춤 같다
주민들이 광장을 쓸고 집 앞 쓰레기를 모은다

이윽고 준비된 광장에 새벽 여섯 시 조금 넘자
초등학생들이 부모 손을 잡고 등교한다
아이들은 흰색 상의 속에서 경건하게 웃는다
학교 앞 도로에 길게 늘어선 자동차들을 지나
골목길 하굣길에서 아이는 아이스크림을 입에 물고
젊은 엄마는 가방을 들고 아이와 발을 맞춰 걷는다

네팔도
카자흐스탄도
키르기스스탄도
우즈베키스탄도
그리고 여기 인도 다르질링 초우라스타 광장에서도
학생들 옷은 검정과 하양이다.

키르기스스탄 레닌 봉, 아니 이제는 이븐시나봉 설산보다

산을 온통 덮는 인도의 휴양지 다르질링 차밭보다
우즈베키스탄의 사막을 가로지르는 지평선 고속도로보다
플로리다 마이애미에서 키웨스트를 달리는 경이보다
아니,
그들의 친절보다 검정과 하양이 경이롭다

관동별곡의 신선 여행

감영이 일이 없다고
시절이 삼월이라고
관찰사가 깃발을 휘날리며
신선처럼 여행을 떠난다.

춘삼월 꽃피는 시절을 힘센 관찰사가 이기지 못한다고
금강산으로 떠난 관동팔경 유람,
망월정에서 파도를 보며
오월 긴 하늘에 흰 눈은 무슨 일이냐고
달밤에 신선주에 취해 꿈속으로 들어간다.

꽃 피는 삼월 중 말일에 출발하여
망월정에서 오월 초하루를 맞았다면
원주 감영으로 돌아오는 시간을 빼고도
감영을 비워 둔 지 삼십 이일이니
누가 직무 유기라 아니하랴.

출발이 음력으로 삼월 꽃 피는 시절이니
삼월 초하루로 잡아도 무리가 없고
오월 긴 하늘이라 했으니

긴 여름 아니겠나,
파도를 보며 은산을 깎아내리는 듯하고
그 파도를 또한 백설이라 하였으니
여름 같은 무더위에 시원함을 떠올리는 것 아니겠나
더구나 샛별을 기다리다 백련화 같은 달을 보았다 했으니
무리하게 말일로 잡지 않고
보름달이거나 그 앞뒤로 잡는다면
두 달 보름 동안의 여행이 아닌가
얼마나 솟구치는 백성 사랑이며
얼마나 간절한 백성 소통이랴
두 달 반의 국민 소통!
그 후손이 공무여행 떠나는 의원님이다.

관찰사는 그래도 아쉽다
공무원이라서 한 달이건 두 달 반이건 한계가 있고
아직도 유람할 경치는 싫지 않다 했으니
그는 모태 여행자, 역마살 여행자!
끝내 꿈으로 들어가 신선주 서너 잔을 거후로니*
학을 타고 구만리장공에 오른다

직무 유기가 아니라면 소통이고

소통이 아니라면 직무 유기가 되니

이도 저도 아닌 자기를 잊은 여행자로 남을 일이다

*'기울이니'의 옛말. 정철, 『관동별곡』 속의 어휘.

무슬림 회당에서

발을 씻는다
스카프를 씌워준다
회당이 시원하다

음악이 청아하다
이교도인 나도 교도처럼 앉는다
몸과 마음이 바람 없는 하늘의 먼지처럼
음악 소리에 차분히 앉는다

악샤르담 사원의 정갈한 황금조차 없지만
걸어 나오는 바람결에도
먼지 같은 마음은 떠날 줄 모르고 그대로 앉아 있다

여행 그림자를 위한 노래

이제 떠나리
너, 나의 그림자와 동행하리
빛이 강할 때 눈부심을 피해 나와 동행하고
어둠이 깊을수록 나의 속에 스며들어 함께 하고
기쁨의 함성으로 팔 벌려 동시에 뛰고
슬픈 흐느낌마저 어깨 홀쩍이며 호흡하리.

나, 오늘 자유로 떠나노라
가벼운 배낭이 바람처럼 휘날리고
운동화 또한 그림자 너의 날개가 되리니
육신의 치장이 해탈이라야
영혼의 발가벗음이 길을 더 쉬이 찾으리
그림자와 함께 하는 자유가 강물을 따르리,
태양을 따르는 구름이 되리
무거운 짐 배낭에서 하나씩 들어내며
영혼의 때도 한 겹씩 벗겨내리
그림자 네가 이 모두를 나와 함께 하리.

언젠가
그 언젠가

구속의 티끌을 바람에 날리고
몸은 두둥실 떠오르리
그때 그림자 너도 떠오르리
지상에 발을 딛고
그림자 길게 늘어뜨리고
오늘의 떠남을 추억하리
덜어지는 짐들을 기억해 내리
기억의 밑바닥, 맑은 별이 어둠을 빛내리

여행, 한 줌의 언어

여행에서 돌아와 배낭을 정리했다
죽으면 한 줌 흙이 된다더니
배낭에서 옷을 빼면 한 줌이나 될까
한 달이 넘는 여행이거나
평생을 사는 인생의 여행이거나
내 삶의 동반자는
최소한 그저 입고 먹고 자고 걷는 소품일 뿐이다.

여행에서 돌아와 친구와 막걸리 잔을 기울였다
한 달이 넘는 여행이 단 몇 마디일 뿐이다
걷고 또 걷고
언젠가는 자유로이 두셋이 걸으리라
만나는 이들에게 좀 더 겸손하고
온갖 가죽을 벗어 내 살결을 보이며
젊음이 젊음으로 이어지게 두 다리로 걸으리라
두 주전자 술이 비어도 할 말은 한 잔 술에 불과하다

제2부 신들의 재림

혼돈의 거리

나, 여행 그림자조차 발걸음 멈칫하고 웅크리어
촉수를 고슴도치 가시처럼 곧추세워 본다
자가용과 택시와 오토릭샤(auto rickshaw)와 싸이클릭샤와
오토바이와 인력거와 사람들이
저마다 생명의 소리를 열기처럼 델리의 거리에 쏟아낸다
흰 소가 끄는 달구지에는 짐을 삶의 업보처럼 쌓아 올리고
길거리의 노숙자가 가난만큼 느리게 움직이듯
소가 거리의 움직임을 멈춘다.

저마다 삶은 느리고 또한 바쁘기도 하지만
각자의 속도로 개는 처마 아래서 늘어지거나 쓰레기에 삶을
매단 파리처럼 헉헉대고
차들은 빠른 것은 빠르게 또한 삶처럼 더디게 도로에 흐른다
빨라도 뭐라 하지 않고
달팽이처럼 달려도 도로는 순항한다
각자의 성능처럼 사람들은 그렇게 산다
릭샤는 집으로 돌아갈 것도 없이 도로 가장자리에 멈추어
승객의 자리에
지구에 온 손님처럼
인도에서는 그 주인이 그렇게 잔다

환승

이유가 있겠지
단체 배낭으로 떠나는 인도로 가는 길,
홍콩과 방콕을 경유하는 인천공항 탑승 비행기
타이항공 TG629편은
홍콩에서 모두를 내리게 하고
오십 분 후에 다시 그 비행기, 그 자리를 찾아 앉게 한다.

기내에 앉아 있을 줄 안 것은 승객의 생각일 뿐이다
환승 구역에서 다시 표를 검사하고
소지품 검색대를 통과하며
기내에서 준 물병을 버려야 한다.
그리고 바쁜 걸음으로 내린 비행기를 타기 위해
줄을 서고 표를 검사하고 같은 좌석을 찾아 앉는다
이유가 있겠지.

검색대를 통과하여
50번 탑승구로 가면서
단지 화장실에 들렀다.
이제 여유롭게 용무를 보고
손을 씻고 입을 헹구고 입 주변도 닦는다

50분을 빠듯하게 그렇게 채웠다

애써서 내가 찾은 이유는 이것,

이유가 있겠지를 생각하는 기회이다

어딘가 내가 모르는 무엇이 있을 것이다

내리고, 다시 같은 비행기, 같은 자리에 타는 일에도 이유가 있

겠지

하물며 사람 사는 일에 하찮은 일이라고 이유가 없을까!

모두, 하나

위대한 영혼, 간디
저항하지 않으며 저항하고
폭력 없이 영국에 폭력을 행사한 인도의 아버지,
자이나 교육을 받으며
어머니의 힌두교 속에서
휘지 않는 정직과 아버지의 따뜻함을 담았다.

몸과 머리를 지키려 생명의 정액을 아끼고 사랑하며
힌두교 원로들이 반대하는 유학에서
채식으로 채소처럼 살아간다
변호사였지만 법정에서 말 한 마디 못한 성격,
채소처럼 푸르름을 보여주기만 할 뿐이었다.

톨스토이주의의 비폭력 투쟁,
본래부터 내부 차별이 존재하는 인도에서
외부 차별은 생존 싸움이다
독립으로 외부 차별이 사라지자
이슬람교도와 힌두교도로 나누어지고
같은 힌두교에 위대한 영혼은 총을 맞는다.

간디 박물관,
하나의 나무에
힌두, 불교, 시크, 기독교가 사과 열매처럼 매달려 있다
True is one.
Be true.

삶도 하나다
순수,
대상의 속살로 파고드는 무목적의 목적,
뿌리는 맑은 물로 몸을 세운다.

사막의 밥

그대, 낯선 곳을 떠도는 순례자여
순례는 먹고 마시기 위한 경건한 의식,
새로움은 시야에 샘물처럼 흘러넘치고
낯섦이 삶을 충족한다
떠남은 육신의 소망처럼 휴식과 음식에 대한 동경,
있으면 있는 대로 채우고
넘치면 넘치는 대로 비운다.

사막에서는 사막대로
찜질방처럼 데운 모래 들판에
침낭 하나로 달과 별을 천장 삼아
눈을 떴다 감았다 하면
감고 뜰 때마다 그려지는 그림은
어릴 때 적도 같은 여름날에 개울에서 누워 바라보던 별들로
흐른다
　고향에서 수없이 쏟아지는 별들이
　여기 사막의 열기 아래서는 곤두박질쳐 모래밭이 되었는지
　지친 별들만 천장에 매달렸다
　밤새 개들이 주위를 어슬렁거리고
　여기저기 사막 투어 불빛과 폭죽 아래 별들이 침울하다.

사막에 엉성히 서 있는 꽃 하나가 우두커니 태양을 맞이할 때
아기 손에 쥐어줄 종이컵에 담은 짜이 한 잔을 마시고
사막의 밥을 먹는다
눌러서 불린 쌀에 야채를 썰어 넣고 강황을 섞어 볶은 뽀아*,
사막의 밥은 사막 같다
누룽지 맛이 날 듯 맛이 제거된 백설기 흉내 낸 듯
맛도 아니지만 맛이다
고추장이 훼방하지 않은 사막의 밥은
맛이 없어서 맛이 있다.

더하여
태양은 덥다고 게으름 피지 않는다.

*뽀아: 인도 음식.

타지마할, 사랑은 비추는 것

사랑은 망부석으로 남고
사랑은 기억으로 남다가
사랑은 느낌으로 남는다
사랑은 남는 것으로 남는다
심장에 뛰는 박동으로 뛰며 남는다.

사랑이여, 기억이여, 추억이여
사랑은 비춤으로 드러난다
나의 얼굴이 반사되면
그 반사가 되비추는 사랑이라
사랑은 스스로 비추고 빛난다.

샤자한의 사랑은 하나가 둘이 되고
마할의 사랑은 둘이 하나가 된다
망부석으로 세워진 타지마할의 묘지는
물빛에 반사되는 사랑, 둘이 하나 된 사랑이다.

반사조차 닫는 시간에는
휴식으로 사랑을 키우고
서로를 드러내는 시간에는

물에 자신의 사랑을 비추어야 한다
그대 사랑을 위해 자신을 비추어라
내가 그대가 되는 나의 반사를 물에 비추어라.

사랑은 대칭,
네가 나에게 반사되고, 내가 너에게 반사되면
나는 네가 되고, 너는 내가 된다
샤자한의 사랑, 사랑은 그렇게 표식이어야 한다
마음껏 바뀌고 쉼 없이 노는 심장이여, 돌을 경배하라
타지마할의 돌을 숭배하라, 돌의 무덤을 종교 삼으라
언젠가는 멈출 사랑일 줄을 멈추지 않을 사랑으로 비추어라
죽음 후 반사가, 가짜가 진짜 사랑임을 끔찍이 경외하라
　돌 같은 사랑, 되비춤으로 증명하는 사랑을 타지마할처럼 세
워야 한다.

생명의 물

인도 코시카르의 한낮은 연약한 생명을 말린다
섭씨 41도는 밤의 26도씨를 보존하기에 충분하고
수분은 지상을 떠나 하늘로 승천하거나 지하로 몸을 낮춘다.

스스로 꿈틀대는 물은
작열하는 태양 아래 생명의 핏줄에 몸을 실어
나무로 퍼지고 들판의 염소로 세상을 누빈다
가두고 가두어서
호수를 만들고 양동이를 채우고 식수로 담겨
피를 돌게 한다.

인도를 여행할 때는
얼음물도 마시지 말고
수돗물도 마시지 말며
인도를 누빈 물을 마시지 말라
인도 현지의 약만이 반응하리라
뚜껑이 딸깍 소리 내는 병의 물을 마셔야 한다
태양만큼 물은 빛이 되지만
태양만큼 때로 고통스럽고 따갑다.

하나를 향한 카마슈트라

여자와 남자, 남자와 여자는 하나
하나 되기 위해 그들은 사랑한다
내밀한 교통이 내부로 연결되고
내밀함은 하나의 심장, 하나의 살이 된다
하나의 영혼, 하나의 육신이 된다.

불안함은 평안을 갈구하고
불완전함은 완전함을 숭모하고
하나로 설 수 없을 때 둘로 기대고
둘로 나누려 할 때 하나로 묶으려 하고
끝은 처음으로 돌아가 영원하려 한다.

에로스는 인간의 언어
카마슈트라는 종교
가장 관능적인 체위로 하나가 된다
카주라호에서 미투나 조각상으로 예술이 된 종교,
하나 됨을 경배하라, 완전함을 완전하게 하라
인간과 동물마저 하나가 되어야 한다.

돌고 도는 돈

돈은 돌고 돈다
묶으면 묶이지만
가출의 욕망이 돈이다
돌아야 돈, 돌지 않아야 돈이다.

묶인 돈을 돌리라고
거리의 소년과 소녀들이 손을 내밀고
여기의 돈으로 돈을 돌릴 기회라고
환전상들은 거리 거리에서 대기한다
바쁜 사람을 위해서는
아침에 1달러에 650루피
여기저기 기웃거린 사람들에게는
660루피를 주려다 670루피로 빛에 돈을 투과한다.

인도에서 낙서한 돈은 돌지 않는다
찢어진 돈은 돌지 않는다
항상 하늘에 비추어 돌려야 할 돈인지 보라
지폐는 신이다
100루피 이하는 노 프로브람,
500루피 이상은 인도에서 브라만이다.

돈은 돌아야 돈이다

돌지 않아야 돈은 금처럼 무겁고

돌아야 돈은 자이나교 성자의 가슴에 다이아몬드로 세상에
빛나리니

내 것 네 것이 없는 인도에서는

돈을 복대에 넣고 지퍼 팬티에 잠그고 브라에 감쌌다가

금의 무게로 들어 올려 다이아몬드의 광채로 펼쳐야 한다

잠가야 할 돈, 돌려야 할 돈으로 여행을 묶고 또한 돌려야 한다.

바라나시 고돌리아

바라나시의 고돌리아는 신들의 행진이다
인도의 만신이 오토 릭샤로 사이클 릭샤로 전기 릭샤로
바라나시에 온 신들이 오토바이로 자동차로 자전거로
시바신이 소를 타고 개를 놓아두고 거지로 성자로 여인으로
수염 늘어뜨린 남자로
고돌리아에 모여 든다
가트를 찾아가려고
빵빵거리고 손으로 제지하면서
신들이 아니면
순간만이라도 수백 수천 수만의 교통사고가 나리라
인간이라면
길거리에 갇혀 발걸음을 떼지 못하리라.

자동차는 뒤를 비춰보는 사이드미러를 닫고
오토바이는 빵빵거리며 사이드미러를 떼고 앞만 보고 간다
운전자들은 소리를 들을 뿐 그들은 보지 않고 앞만 보고 간다
앞차와 오 센티, 옆으로 지나치는 오토바이와 오 센티미터도
서로 의식하지 않는다.
소들은 좌고우면하지 않고
세상을 멈추며 신처럼 걷는다.

고돌리아는 신들의 교차로이다
신들이 아니라면
왜 서로 부딪히지 아니하겠는가
정말 신들이 아니라면
어떻게 역주행에도 회오리치는 물처럼 막힘이 없이 흐르겠는가
누구도 아무도 탓하지 않고
자기 앞길만 가겠는가
자기 길만 부딪힘 없이 물처럼 가겠는가
왜 가는 길을 주저하지 않는가
신들이 아니라면.

갠지스의 화장터

갠지스는 신이다
혼란과 혼돈의 세상을 창조한 강가라는 신,
산자는 갠지스에서 비누칠하며 신과 자신을 위해 목욕재계하고
죽은 자는 갠지스에 영육을 녹아들게 한다
아이들은 다이빙하며 수영으로 강을 횡단하고
어른들은 신으로 육신을 덮으려 이를 닦으며 자맥질하고
또 어떤 이들은 갠지스라서 비싼 물고기를 잡는다
뱃사공은 삶의 방랑자들에게 신들을 안내하니
갠지스에 오는 자들은 신이거나 신이 되려는 자들!

어린 죽음은 돌을 달아맨 무게로 갠지스에 가라앉아야 하고
  소와 개도 하나의 신성으로 던져지는 강바닥은 혼돈을 만든
위대한 신,
  돈 많은 이는 더 많은 장작더미에서 재가 되고
  개들은 또 다른 신으로 주위를 어슬렁거리며
  소들은 죽은 자를 위한 꽃들을 씹는다
  권력도 카스트의 신분도
  육신을 충분히 소각할 장작더미만 있으면
  넉넉히 업과 윤회를 잘라버리고 신이 될 수 있다.

인간이여, 장작더미를 넉넉히 준비하세
권력도 명예도 신이 되기 위해서는 필요하지 않다네.

그래도 살아있을 때는 금반지를 끼워야 한다
화장이 끝나고 육신이 변한 재를 갠지스에 뿌리는 자,
남은 망자의 반지를 찾아 돈을 마련하려고
커다란 소쿠리에 꼼꼼히 재를 담아 갠지스에서 물에 흔들어
댈 때
죽은 자의 삶은 강물에 원자보다 작은 입자로 물이 된다, 온전
한 신이 된다
그 반지로 신이 된다.

갠지스는 빨래터이다
화장장 아래
수많은 빨래가 하얗게 노랗게 파랗게
천국의 세계, 극락의 세계, 시바의 세계를 펼쳐서 햇볕에 말린다
갠지스 호텔에서 자는 자는 갠지스의 물로 세탁한 침대에 몸
을 감싼다
갠지스의 성수로 육신의 세포가 호흡한다.

강의 저편 백사장에는 개들의 천국

개들이 포식한 흔적들 사이,

사람의 갈비뼈, 동물의 엉덩이뼈 사이에서 개들의 걸음이 풍요
롭다

갠지스에 겨울이 오면 떠오르지 않는 사체로

개들도 굶주린다

겨울은 언제나 어디서나 고통의 시간,

언제나 좋은 시절만 있는 게 아니다

지구가 돌듯 삶의 고통도 순환하고

계절이 바뀌듯 삶의 희망도 윤회한다

인간의 힘으로 이해할 수 없는 신의 뜻,

그 신의 세계에서 인간은 신의 부분으로 존재한다.

인도여

신들을 마주하려면 인도에 가야 한다
바라나시의 갠지스 강을 보아도 좋고
카주라호의 탑에 새겨진 신들을 보아도 좋다
신성한 호수에서 모시는 신을 마주해도 괜찮다
갠지스에서 살을 뜯는 개도 신성이 있고 쓰레기를 뒤지는 소
에도 신이 타고 있다.

인생 군상을 단번에 보려면 인도에 가야 한다
하늘을 천장 삼고 땅을 안방 삼아 삶을 쉬는 성자가 넘친다
손을 벌려 적선을 베풀어 복을 받으라는 거리의 방랑자가 당
당하다
아기가 아이를 안고 릭샤가 멈추면 손 벌리는 애처로움이 있다
바싹 와서 사진을 찍자고 웃으며 다가와 값을 요구하는 늙은
모델이 있다
무조건 안다고 자신 있게 나서는 이들은 십중팔구 떠벌이다
길을 모르면서 300루피를 부르고 가면서 길을 묻는 운전사를
보려면 인도에 가야 한다
당당하려면 인도에 가야 한다
거적 한 장으로 가족이 사는 집을 보려면 인도에 가야 한다.

쓰레기를 보려거든 인도에 가야 한다

인도 인구보다 많은 쓰레기를 헤집어 먹이를 찾는 소를 보려면 인도에 가야 한다

먹고 마시고 난 후 지상이 쓰레기통이다

하수구 길의 진한 오물과 생활 쓰레기는 쉬이 소거되지 않는다

그러니 인도는 천천히 방문해도 좋다

거대한 인도는 신들 아니면 빚지 못할 인간의 거리, 신의 방문지이다.

소화 기능에 얼마나 자신 있는지 확인하려면 인도에 가라

매일 아침 마시는 짜이는 끓여서 뜨끈하게 나오고

미네랄 워터는 단절된 물이라 시험의 대상이 아닐진저

인도인들이 내놓는 물, 길거리의 수돗물을 마셔라

끓이지 않은 모든 물과 그 물을 섞은 음식을 섭취하라

더위를 얼음으로 물리쳐라, 얼음 조각으로 물리쳐라

양치할 때는 미네랄워터를 쓰지 않아도 좋다, 소화 기관을 검증하려면.

지구의 삶을 마주하려면 인도에 가야 한다

천연가스로 매연이 없는 도시를 보려면 델리에 가고

까만 매연에 폐 기능을 단련하려면 콜커타를, 다르즐링을 가
야 한다

인도 인구만큼 많은 것을 보려면

그대 인도에 가라, 한 나라만으로 족할지니

또한

타지마할이 있지 않은가

마더 테레사와 타고르와 간디가 있지 않은가.

윤회의 사슬

삶이 얼마나 고단한가
갠지스여 윤회의 업을 잘라라
전생에서 삶을 쌓으려 했던 날들의 결과가 현생이라면
강가 신이여 윤회를 소각하라.

삶이 얼마나 쉬고 싶은가
24시간 이내에 오지 못하는 죽음은 죽지 말라
죽어도 쉬지 못하는 윤회는 쇠사슬로 묶이니 쇠사슬을 화장
하려면
죽음을 기다리는 집에서 삶을 소각하라.

삶이 한 줌의 재로 물빛을 흐리지만
강물은 다시 맑아지고
삶에서 소유했던 것은
한 무더기의 장작으로 남아
부자는 충분히 육신을 재로 남기고
가난한 자는 가난한 만큼 쌓은 장작에 타다 남은 발목을 남긴다
기껏 남은 것은 죽은 자의 반지와 목걸이
이조차 죽음의 길을 닦는 화장터 일꾼들의 몫이다.

삶의 고통은 윤회보다 길다
갠지스의 오염을 극복하지 못할 삶은 윤회한다
과거도 없고 현재도 없다
미래를 소각하라, 갠지스의 화장터여.

질경이 인생

발길 닿는 길이라면 신발에 붙어 산길까지 따라 뿌리 내리고
인가 둘레 밟을수록 낮게 퍼지는 질경이
뽑아도 당겨도 땅을 움켜쥔다
뽑혀도 흙을 털어 널면 생명을 움켜쥔다.

길 따라 점점이 집들이 들어서고
발길 넓어지는 대로변에는 도시가 선다
꿀벌처럼 꿀을 따라 나비처럼 꽃을 찾아
계곡마다 산등성이마다 열매 얻으려
인도 바라나시 가트에 머물고
다르질링 산비탈에서 차를 딴다
층층이 논다랑이와 밭에 삶을 얹고
비탈에 받침대를 세워 머문다
질경이.

뽑아도 당겨지지 않는 질경이 인생
밟으면 옆으로 번창하고
자유로우면 꽃줄기 높이 솟아 먼 곳을 바라본다
추우면 데워 살고
더우면 식혀가며 사는 동물

바라나시 길가에 뿌리 없이 살고
질경이보다 더 질긴 동물 인간이
다르질링 비탈에 점을 찍고 붙어산다

다르질링 천상의 도시

다르질링은 천상의 도시,
다시 찾지 못한 도연명의 무릉도원,
인간 세상을 떠난 이들이 자리 잡은 산 위의 천국이다.

협궤열차가 천상의 세계 아래로 구름을 던지며
차밭과 숲 사이로 백옥루의 풍경을 덧칠한다
인간사라도 멀리에서 보면 아름다운 장난감,
인도의 신이 보는, 그러나 가엾은 인간의 꿈틀거림이다.

오르려고 좌우로 종횡무진 달리며 가슴 덜컹일 때
천상의 세계에 오르는 근육이 실룩이고
고도가 높아질 때마다 경탄은 차차로 지친다
인간이라면 머물 수 없는 올림포스,
신들의 거처는 능선에 산벚꽃처럼 어디서나 하얗다.

나무는 높고 녹음은 짙다
하늘은 가깝고 구름 아래 지상은 아득하다
새소리는 여전하고 개들은 더 느긋하다
노점상에서 연기 날리며 옥수수 굽는 아낙의 미소가 하늘처
럼 잔잔하다

음식점 종업원은 한가로이 탁자를 닦는다
협궤열차 길을 따라 사고팔 물건들이 열차처럼 길다
천상의 세계는 움직이는 듯 움직임이 없다
아니 움직임이 없는 듯 움직인다.

천상의 세계를 방문하는 방랑자들을 실은 차들의 행렬이
좁은 길을 비집고 오르면 비둘기가 광장을 누비고
나무는 그늘을 만들어 긴 의자를 품에 감싸 안는다
속세를 탈출하는 인파 속에 매연
서벵갈 주 다르질링은 네팔과 부탄 사이 동히말라야
속세의 시야를 벗어난 속세,
위대한 사람들은 천상의 세계조차 속세로 만든다.

거리로 나서면 인간 속세의 아수라,
도로에는 사람과 사람, 사람과 차량, 차량과 차량이 서로 스치
듯 지나고
신들은 디젤 차량이 내뿜는 매연을 마시지 않으려
초우라스타 광장, 나이팅게일 공원, 차밭에서 못 본 체한다.

어둠이 내려야 하늘의 별들이 반사된 듯

경사진 산 아래 속세에 희망을 주는 불빛을 던져준다
천상의 세계는 어둠 속에서 천상의 세계이다
하늘은 밤에 별을 보낸다.

마더 테레사 하우스

작은 방에
1인용 침대 하나,
1인용 식탁 하나,
1인용 책상 하나,
작은 옷장 하나.

삶은 장식이 아니다
삶은 믿음이다
삶은 가식이 아니다
또한 죽음도 장식이 아니다
죽음은 부활이다
죽음은 우상이 아니다.

테레사 수녀가 콜커타에서
비 내리는 날,
실내에 있는 자기 무덤을 사진에 담으란다
삭제하지 않을 사진에 담으란다.

마더 테레사 하우스를 나올 때
전송하는 수녀님이 머쓱하게 선물을 준다.

포카라 페와 호수의 아침

페와 호수의 아침은 거리를 쓸며 시작한다
빗자루에 허리와 머리 숙여 발걸음 떠받치는 사람의 거리를
경배한다
　설산의 깨끗함을 간직한 사람들이
　호수처럼 거리를 다림질한다
　마음을 닦는다.

　호수는 꽃을 바치는 사람과 꽃을 파는 사람들이 아침을 연다
　한 바구니의 성물을 두 손에 받쳐 들고 배 타고 건너는 성스
러움,
　호수를 즐기는 신에게 호수를 바친다
　구명조끼를 입은 사람들 금빛 의식이다.

　페와 호수의 아침은 조깅하는 젊은이,
　산책하는 느림,
　차를 마시는 이들이 있다
　벤치에 앉아 호수를 바라보는 노부부,
　호수에서 구름과 안개에 가린 안나푸르나를 기다리며 배를 사
진에 넣는 여행자,
　낚시를 드리우고 물에 비친 자신을 응시하는 낚시꾼,

호수를 향해 가부좌 틀어 허리를 마음처럼 곧추세우는 오늘
의 구도자,
호수의 고기는 떼 지어 물가를 탐색한다.

페와 호수는 개들이 엎드려 앉아
히말라야를 찾은 사람들을 구경한다
마치 관광 온 것 마냥 관광객을 둘러본다
관광객은 바뀌고 개들은 새롭게 오가는 사람들을 심심할 틈
없이 즐긴다
비둘기와 참새와 까마귀는 개들을 위한 멜로디,
소는 그 광경을 벤치에 앉은 노부부처럼 오랫동안 바라본다.

카페는 호수에 어울려야 그 자리에 설 수 있는 것,
카페는 온갖 예술가들이 세운 작품
맥주 한 잔을 옆에 두고 책장에 모아지는 온몸의 균형
페와 호수처럼 카페는 잔잔하다
호수처럼 시간은 산을 비추고 카페는 시간 속에 들어가 있다
쪽빛보다 진한 나팔꽃 옆에서 아침은 카페를 붓으로 칠한다.

호수로 내려와 날아다니는 별이 된 반딧불이가 쉬고 있는 페

와 호수의 아침에
　　황소가 하루의 울음을 아침에 운다
　　차 한 잔 마셔야 할 아침에,
　　어제저녁 차량을 통제한 여행자 거리가
　　아침의 빛을 호수의 나룻배에 넘겨주고 쉬는 시간
　　아이들도 떼 지어 호수에 웅성인다.

　　안나푸르나가 신비 속에 누워있을 때
　　페와 호수는 일어나 찻잔을 준비한다.

제3부 실크로드와 오아시스

차린 협곡

차린 협곡은 가뭄의 종착역이다
잡아 가둘 여력도 없는 흙 사이로
빗물이 흐른 자국이 있는 계곡에는
나무 한 그루, 살아 숨 쉬는 풀 한 포기 없다.

죽자니 희망의 끈을 놓기에는 미련이 남은 풀들,
풀들은 갈등의 연속인 삶을 산다
나무로 성장할 수 없음을 알지만
한두 번 뿌리는 빗물이 주는 희망을 버리지 못해 내린 뿌리,
뿌리째 뽑힐 수는 없다
말라비틀어져도 뿌리째 뽑힐 수는 없다
언제일는지 기약은 모르지만
한두 방울일지라도 비는 내리지 않던가
안락하다면 어찌 긴 세월 간절함을 부여잡겠는가.

차린 협곡은 작은 그랜드 캐년,
뿌리박은 나무가 없어야
엉겨서 풀어 헤칠 수 없는 풀도 없어야
무너진 흙으로 세상을 빚는다.

세상을 빚은 협곡 끝에
설산에서 내리는 물이 사납게 흐른다
말라비틀어져 삶을 구걸하는 가까운 곳에
빙하의 물이 철철 넘친다.

푸르공이라 부르는 빵덩어리 차 부한카만이
호흡처럼 협곡의 먼지를 날린다.

메데우 침볼락 빙하

기억하고 싶은 순간은 영원이고
지우고 싶은 영원은 순간을 바란다.
반짝이는 순간은 영원하고
빛이 없는 영원은 기억에서 사라진다.

침볼락 봉우리 정상은 3,450미터
내 발은 해발 3,357미터,
갑자기 기압 조절이 안 된 듯 귀가 찢어진다.
잠시 걸음을 멈춘다.
다시 걷자 낮술에 취해 일어서는 것처럼 어지럽다.
다시 걸음을 멈춘다.
가파름에 지쳐서인지, 고산중 중상인지 지구가 돈다

부는 바람에 귀가 시리다. 아니 귓불이 언 것처럼 에는 듯하다.
　다시 걷는다. 빈속에 보드카 한 잔 벌컥 들이켜고 일어섰을 때
같이 어지럽다.
　잠시 공전과 자전하는 지구를 크게 느낀다.

　갑자기 앞에 펼쳐진 빙하에서 돌인지 얼음인지 구르는 소리가
난다. 본능으로 오르던 경사를 본다. 경사면에는 구르다 멈춘 바
위들이 곧 다시 굴러 떨어질 듯하다. 바위 속에는 빙하가 녹으면

서 바위들이 물처럼 사납게 흘러 내려올 듯하다. 그 사이로 빙하 흐르는 물이 새어 나온다. 경사 아래 빙하가 녹아 흐르는 곳에 사람 하나 쑥 들어갈 구멍이 눈에 들어온다. 발길에 버티지 못하는 돌들이 구르고 나는 몸을 낮춘다. 누군가 보내는 신호, 무엇으로라도 받아들여지는 신호를 기다리는 듯 경사진 돌들이 나를 바라본다. 돌아야 할 피가 하늘로 솟는다.

메데우 침볼락 계곡의 빙하가 햇빛에 반사되어 하얗다.
미끄럽지 않을까, 얼음이 녹아 풍덩 빠지는 것은 아닌가,
빙하를 밟는다.
빙하가 녹은 물이 골을 타고 흐른다.
손으로 만져보고 입에 한 모금 넣어 본다.
너무 힘든 탓인지 첫맛이 쓰다.
그래, 이 물의 흐름, 이 빙하 위의 걸음,
나는 맑은 빙하가 되었다.

끔찍한 경험을 과거의 추억으로 건배했다.
살아있다면 목숨을 건 경험은 축복이다.
오늘 순간을 포착하고
나는 순간의 영원을 샀다.

알틴 아라샨 트레킹

알틴 아라샨 트레킹은 보물찾기 없는 소풍이다.
부드러운 오솔길에서 양들처럼
우리는 길을 아끼느라 해찰거리를 찾는다.
풀밭을 천천히 걷고
하늘을 향해 누워
시원한 바람, 부드러운 햇살 아래 음악을 듣는다.

배낭에 아껴 둔 청포도는 와인 향으로
천상의 경치를 축배하며 남은 길을 늘려서 쌓아놓는다
향을 머금은 오솔길은 시냇물처럼 골을 따라 흐르고
길에 취한 나그네 또한 오솔길이 된다.

멀리 햇빛을 반사하는 설산 아래,
알틴 아라샨 유르트가 설산처럼 하얗다.
능선을 차지한 양들은 메에 메에 그들끼리 자연을 누리고
나무들은 민들레처럼 일편단심으로 하늘을 향한다.

우리는 모두를 담기에 늦은 걸음도 부족하기에
언덕에 앉아 마을을 굽어본다.

영원히 앉아 있을 수는 없는 법,

아껴 두어야 할 시간과 함께 아껴둔 길을 적금처럼 저축해 두고

이자를 생각하며 오솔길처럼 언덕을 에둘러 간다.

걷는 자리, 앉아 있는 언덕, 불어오는 바람이 쌓여 있는 곳에

우리는 삶을 잠시 멈춘다.

누려도 누려도 길은 한없다.

맑아서 투명한 태양도 초원과 길을 즐기는 오후다.

길 위에는 걸음만 있고 목적지에는 목적이 없다

바람이 길을 아껴두라며 밀어낸다.

비로소 길을 나선다.

알라쿨 호수

말이 만든 길은 질척이고
사람들은 마른 곳이나 풀을 밟으며 쉬지 않고 길을 찾아 걷는다
현대식 건물 아래 계곡에 있는 온천탕 옆다리를 건너
계곡을 따라 걷다가 다시 나무로 만든 다리를 건너고
경사진 길 두 개를 오른 후 작은 나무배가 걸쳐 있는 물을 건
넌다
완만한 능선을 오르면 무언가 경관이 탁 트일 것만 같건만
오를 때마다 보이지 않던 능선이 더 크고 높게 펼쳐진다.
언제나 고개 너머 펼쳐질 시야를 기대하지만
봉우리는 그 너머 또 다른 봉우리를 감추고 있다
가파른 길을 내려다보면 오른 산이 높고
오른 만큼 눈높이로 보는 산이 더 넓다.

갑자기 신선한 공기가 세상의 먼지를 뒤집어쓴 몸에 들어와서
인지
해발 3,500m 아라쿨 게스트하우스에서
해발 3,900m 아라쿨 패스 뷰포인트로 올라가면서
한두 걸음에도 어지럽다.

호흡은 구름을 타고 다니던 열자처럼 발뒤꿈치로 깊게 들이마

시며

　한 발자국 오르면서 내 뿜고

　한 발자국 다시 힘을 주어 오를 때 또 내 뿜는다

　호흡은 수련이고 명상이며

　하늘로 한 계단씩 오르는 기도이다.

　마지막 구간은 경사가 심하고 눈이 쌓였다

　오르고 내리는 사람들이 서로 길을 비키느라 멈추고 기다린다.

　눈에 미끄러지면 몇 십 미터 굴러 떨어질 길에

　편히 서 있을 자리, 잠시 엉덩이 붙일 자리도 불안하다.

　정상에 오르자 눈에 덮인 암벽이 호수를 둘러쌓고 있다

　맑아서 파란 하늘 호수,

　태양을 밀어내는 하얀 눈,

　높은 산들이 가까이 또는 멀리 우뚝우뚝 솟아 있다

　빙하가 아끼며 풀어놓은 편안함이

　오르는 고단함을 앉히며 호수에 차곡히 쌓여 있다

　차가운 바람이 계곡에서 불어온다.

　내려가는 길에 오르는 사람들이 줄지어 오른다

젊은이들은 어디에서 잠을 자는지
배낭이 탄탄하다
아아, 나는 젊은 시절 무엇을 하였던가!

해가 저물자
양치기는 개를 데리고 다니면서
이 산 저 산에 흩어져 풀을 뜯던 말들을 산 아래로 안내한다
산 위에서 일하던 사람들이거나
산을 오른 사람들이 말을 타고 긴 줄을 지어 내려온다.

이제 부산한 산도 쉬어야 할 시간이다.

내려가는 길은 오를 때 보지 못한 길이다.
그 길은 때론 터벅터벅 더 길고
때론 보지 못한 길이고
때론 새로운 세상이다.

다 내려왔다고 마음을 놓았다가도
걸어도 걸어도 숙소가 보이지 않을 때
세상은 보이는 게 다가 아님을 안다

보이는 곳이 가까운 것은 아니다
두 눈으로 본다고 다 보는 것은 아니다.

무지개가 발아래에 뜨는 길에서

키질 오이에서 비슈케크로 가는 길,

Too Ashuu에서 Koshoy Ata로 넘어가는 고개는 해발 3,000
이 넘는다

산 능선 정상쯤에 차가 간신히 두 대가 비껴갈 터널이 있다

터널을 지나자 비가 내린다

아래 경관을 보라고 차가 잠시 쉰다,

구월 초 비바람이 세차다. 몸이 으스스 뼛속까지 떨린다

산 아래에 햇살이 비치자 무지개가 발아래 뜬다

다시 비바람을 뚫고 무지개를 찍으러 달려간다

뒤늦게 간 사람들은 앞사람들이 모두 찍어버렸는지 무지개 구
경도 못하고 덜덜 떨며 돌아온다.

종일 차를 타고 이동한다.

삶은 길 위에 있다

프르공이 바이칼이나 알라쿨 비포장 도로에서 몸을 흔들고

인도에서 머리 하얀 노인의 릭샤가 안쓰러워도 그들이 달리는
곳이 길이다

말을 타고 오르는 알라쿨 경사도 길이고

송퀼에서 키질아이, 다시 비슈케크로 가는 비포장도로도 길이다

자동차들이 진동 없이 달리는 잘 포장된 길도 길이고
턱받이 높은 마을 안길도 길이다
구불구불 올라가는 구절양장도 길이고
말이나 소, 양떼가 지나간 산등성이의 흔적만 있는 것도 길이다
3층까지 배낭을 메고 오르는 어반 호텔 계단도 길이다
송퀼 호수에서 화장실 가다가 바라보며 서 있는 곳도 길이고
카질아이 마을의 어슬렁거리는 고샅도 길이다
침볼락의 두려움 속 돌길도 길이고
송퀼 호수에서 걸어 내려오는 한가함도 길이다
배를 저어간 쿨사이 호숫길도 길이고
우리가 타게 될 오쉬까지 하늘길도 우리가 가는 길이다
우리 삶은 길 위에 있다
그 길 위나 아래에 무지개가 뜬다.

알라메딘 트레킹

몸을 비우고 출발했다.
어제 비 온 뒤로 온도는 차고 산 정상은 눈이 새롭다.

50여 분을 오르니 경사가 누그러진다.
산을 오르는 이들은 오르면서 설산을 담기에 바쁘다.
눈으로 보기보다 카메라로 설산을 보고
카메라로 보고 싶은 만큼만 본다.
경관을 잘라서 보고
설산을 확대해서 보고
자신을 넣어 경치 대신 카메라 렌즈를 본다.
카메라 화면 대신 렌즈를 보면서
하늘의 작품을 뒤통수로 본다.

카메라 렌즈 앞에 서지 않으면
기억할 경치를 뒤통수로도 남기지 못한다.
카메라 셔터를 누르지 않으면
수증기처럼 기억은 증발하여
어느 날 추억조차 없다.
남기면서 지우기도 하는 것이 삶이라면
우리는 설산도 보고

설산에서 내려오는 물줄기가 만든 꼬불꼬불 도랑도 곧 사라질
눈에 담으면서
또한 잘라낸 것이나마 영원히 사라지지 않을 화면에 담아야
한다.

빙하 녹은 물이 옆 계곡에서 우렁찬 물소리를 내면서 흐른다.
계곡 경사가 크고
돌덩어리들 틈 사이를 비집고 내려가느라
몸을 바수어 가며 아래로 곤두박질친다.
경사진 둥근 돌도 부딪치면 멈추는데
눈이 녹은 물은 돌이 구르는 경사보다 쉼 없이 세차다.

10여 분 경사를 걸어서 폭포 아래 도달했다.
한줄기 물이 아래에서는 넓게 퍼지며 떨어진다.
폭포가 되어 떨어지는 물의 용기,
하얀 포말을 일으키며 세상을 밝히는 빛,

폭포는 인간이 도달하고자 하는 투신이다.

내려오는 길은

오르는 말에게 길을 비켜줄 여유가 있다.

오르면서 보지 못한 찢어진 심장, Broken heart를 본다.

사람들은 해석도 잘하고

말도 잘 만들어 내고

그 말에 감동도 잘한다.

오르면서 찢어진 심장 위에서

갈라진 심장인지도 모르고

우리는 팔을 벌리고도 사진을 찍고 앉아서도 찍었다.

다 내려와서는 어디서나 소풍길이다.

설산을 휘감은 구름을 보면서

계곡에 흐르는 빙하수의 세찬 소리를 듣는다.

삶을 지연시키려고 해찰거리를 찾아 두리번거리며

우리는 내려간다.

가족에 둘러싸인 아이가 청솔모에게 모이를 준다.

황솔모인지가 손바닥에 놓인 먹이를 먹는다.

젊은 남자들 대여섯이 경쟁하듯 손바닥에 나무 열매를 놓고 새를 부른다.

손바닥에 새가 앉아 모이 쪼아 먹는 모습을 카메라에 담고

자랑하듯 소리친다, 그 건장한 사내들이.

키르기스스탄 깊은 계곡에 와서야
인간이 청솔모와 새와 함께 하는 동물임을 본다.

자작나무 거리 산책

카자흐스탄 알마티 시내를 가을 낮에 걸어보라
키르기스스탄 오쉬 시내를 가을밤에 걸어보라
자작나무 사이 벤치는 쉬엄쉬엄 자리에 앉아
길 걷는 사람들에게 몸을 내민다
정원마다에 사람들이 게으름을 펼쳐놓고
하늘을 가린 나뭇가지 사이에서는 새들이 시간을 따라 지상
에 노래를 쏟아 붓는다
걸음을 옮길 때마다 자작나무가 하얗게 부르고
행복의 알갱이가 꺼끌꺼끌 옷 속으로 파고들어
행복이 살갗을 간지럽힌다.

중앙아시아에서 자작나무는 드물어서 귀하다
흰 살결보다 더 흰 자작나무가 그 껍질을 허물 벗고
다시 더 하얘질 살결을 내민다
발길이 잦은 곳,
자주 마주칠 나무에는 이름과 이름을 하트로 묶어
사랑은 알마티에나 오쉬의 나무에 새겨진다.

자작나무 잎에서 자일리톨을 뽑고
고로쇠물처럼 수액을 받는 자작나무는
영혼의 나무다

껍질은 기름으로 자작자작 불에 잘 타서
자작나무는 화촉 밝혔던 삶을 못 잊어 껍질을 벗는다
팔만대장경도 자작나무에 새기니
염원과 사랑은 자작나무껍질에도 새기고
자작나무 속살에도 새겨야 한다
갈색 자작나무는 사랑이 익으면 하양으로 눈부시다.

러시아 시베리아 횡단 열차,
중앙아시아에는 그 차창 너머로 펼쳐지는 자작나무숲이 없다
침대열차에서 보는 자작나무의 지루함도 아예 없다
하늘을 향하다가 뿌리째 넘어지거나
부러진 나무줄기도 중앙아시아에는 없다
지루함과 고독에 쓰러진 나를 보라고 하지도 않는다.

단풍 같지 않은 단풍이 어울리는 자작나무,
정읍 내장산 같은 단풍이라면 오히려 을씨년스러울지 모르지
혹독한 겨울을 맞는 마당에
여름날의 치열한 삶을 장식하고 싶지 않아서인지 모르지
자작나무 방식으로 드는 단풍,
그 멋을 보라는 것인지도 모르지.

우즈베키스탄 히바의 빛

아침에 갔던 길을 저녁에 가면 새롭고
불빛 비친 거리는 또 더 새롭다.
이찬 칼라 흙벽 성안으로 들어와
골목길을 목적 없이 걷다가
숙소에 돌아와 중세의 피로를 잠재운다.

다시 저녁 빛으로 색칠하는 거리를 걷는다
중세의 유적만 있었더라면 황량할 거리에
꼬마 소녀들은 아슬아슬한 성벽 낭떠러지 높은 길을 놀이터
로 삼고
꼬마 소년들은 자전거로 도전한다
이찬칼라 서문 옆 쿤 아크와 테라롯싸 사이의 광장에서는
해가 저물자 학교를 파하고 공부를 잊은 아이들이 뛰어다니며
신명이 났다.

길거리에서 상인들은
실크에 담은 과거의 영광을 옷감 속에 담아 진열하고
양털인지 털모자를 이른 가을의 더위가 놀려댄다
둥근 빵, 난에 장식을 넣는 철핀 문양 도구와
핸드폰과 함께 책을 펼쳐놓을 요술 조립대가
사라질 때까지 길 가는 사람들을 바라본다.

중세의 도시에서 나는 우리의 과거, 오래된 미래를 본다
목적을 잊고 수단이 되어버린 시대에
나는 생기 넘치는 목적을 본다.

나는 이 순간 중세의 빛에 내 눈을 쏟아 부으며
수많은 사람이 빠져들었을 빛에 빠져든다
카메라는 빛의 표현, '나는 빛이니라'가 떠오른다.

오로지 태양 하나로 존재하는 모든 생명들,
그 빛이 쉬러 들어갈 때,
그리고 그 빛의 딸과 아들이 중세의 건축을 비출 때,
한낮의 강렬함에서는 느끼지 못했던 사소한 따뜻함에 빠져든다.
테라롯싸 레스토랑 루프탑에서 황혼의 빛 속 맥주잔이 지는
빛으로 투명하다
새털구름이거나 새하얀 뭉게구름에 비친 구름이 황혼의 빛을
붙잡아 둔 모습에 나도 구름이 된다.

세상은 빛이다
아침이면 사라질 중세의 빛이 감정 몇 장을 흙벽돌처럼 쌓았다.

히바 유적 속 사람들

아이들은 그 공간이 놀이터라서 골목마다 공을 찬다

제 키보다 큰 자전거 위에서 자유로이 페달을 밟으며 오르내리는 재주가 장난처럼 즐거운가 보다.

길가 계단에서는 제 동생을 엄마처럼 돌보는 어린 소녀가 포근하다.

악단 앞에서 몸을 흔드는 꼬마 소녀의 솜씨는 미래의 댄서이며 가수이다.

오후 여섯 시에는 쿤 아크 앞 광장 노랫소리에

사람들이 한둘 몰려든다.

십여 명의 악사가 악기를 연주하자

꼬마들은 광장을 신나게 뛰어다니고

여자 아이들은 악사 앞에 쪼그려 앉아 몸을 흔들며 노래하는 가수를 빤히 바라보다가

저도 일어서서 몸을 흔든다.

나이 지긋한 여인들이 한쪽에서 하나둘 일어나 춤춘다.

악사들을 향하던 카메라들이 하나둘씩 춤추는 여인들로 향하더니

나중에는 그 여인들이 낮은 무대의 주인공이 된다.

그네들에게 삶은 춤이다.
아니 모두에게 삶은 춤이어야 한다.
내가 내 몸을 내 뜻대로 흔드는 춤이어야 한다.
내 팔과 다리를 묶는 과거의 족쇄를 풀고
현재의 꿈틀거림을 꿈틀거리게 해야 한다.
여행자에게 여행은 춤 속으로 들어가야 한다.
여행은 일상을 털어내는 춤이어야 한다.

밤의 불빛을 받으며 히바를 걸어 숙소에 들어오자
숙소 주인 아버지와 아들 둘이 음악 공연을 한다
숙소 이름이 아트 하우스인 것처럼
예술인 가족 음악 공연에 우리는 환호한다.

중세 도시 히바는 생활 속의 공간이다.
유유자적 걸을 수 있는 도시다.
길거리와 박물관마다 상인이지만
누구 하나 걸음을 방해하는 호객도 없다.
가다가 상품 사진을 찍고 관심을 보이면 다가오는 그들의 느긋함이 좋다.
아이가 뛰어놀아도 어른들 누구 하나 간섭이 없다.

히바보다 아이들이고 그들 부모이며
히바보다 사람이다.
히바가 닳아도.

오아시스 도시 부하라

모래밭에 각기 저 홀로 뿌리 내렸다가
수분과 함께 생명이 증발하는 땅,
히바에서 부하라로 가는 길은 끊기지 않고 질기다
이곳 사람들은 광활함도 잊고 사람들은 비닐봉지나 페트병을
바람에 맡겨 던지고
우리는 낙타의 길을 엔진 소리를 타고 간다.
낙타 탄 실크로드 상인들은 낙타 위에서
자동차 속에서 졸다 깨다를 반복하는 우리보다 지루했을까!
삶이 걸음 속에 있고
도착보다 가는 길에 있음을 그들이 더 잘 알지 않았을까!
건조함 속에서 먹을 물과 빵을 싣고
사막 모래바람을 호흡하면서 생사를 뚫고 간 상인들 대신 자
동차 연료와 느닷없는 자동차 고장을 상상한다.

고랑에 물이 흐를 때 사람들도 풀 따라 생기롭다.
사막 속의 오아시스 도시,
부하라는 사원의 도시, 학교의 도시이다.
모스크와 미나렛이 마드라사와 함께 유네스코 문화도시다.

행상들의 숙소였던 라비 하우스에서는

나무에서 빼곡히 들리는 새소리로 여행자를 떠들썩하니 축복한다.

행상들의 모습이 이러했을까!

사막의 건조함이 오아시스의 습기 없는 서늘함이 된다는 것을 알았을까!

탁자마다 샤슬릭과 맥주, 콜라가 흘러넘치고

잔이 오가는 사이

노랫소리에 사람들의 춤의 촉수가 꿈틀거린다.

급기야 노래꾼 앞은 춤판이 되고

노점 레스토랑은 지나가는 이들의 구경판이 되어

카메라가 춤꾼보다 많다.

옵, 옵, 오빠는 강남 스타일,

싸이의 말춤이 부하라의 라비 하우스 엉덩이를 들썩인다.

지금 이 순간에 충실하면

어디에서나 제 몸을 마음껏 흔드는 춤꾼인 것을

우리는 스스로 제 몸을 묶고 있었나 보다.

한국, 한국관광객

모래바람 부는 속에서도 사람들은 사람 냄새를 풍기더군
무관심은 편안함,
깊은 관심은 애정이라서
그들은 말을 걸고 사진을 찍어주고 기꺼이 어깨동무를 하며
또한 사진 속 친구가 되어주네

미나렛 광장에 매일 밤이면 나와
한국 사람에게 한국에 대해 묻고
우즈베키스탄에 궁금증을 답해주며 한국어를 배우는 잘생긴
남자 고등학생 2학년,
　5개월째 학원 다닌 실력으로 자연스럽게 한국어를 구사하더군
서울대학교를 목표로 준비한다며
우즈베키스탄이 어떻냐길래
그 열정에 웃으며 엄지를 척 올렸지

중앙아시아에서는 음식을 주문하면 기다림에 지친다네
맥주는 양쪽 손에 하나씩만 들고 와서
건배하려고 기다리다 보면 맥주는 거품조차 가라앉네
식탁에 휴지 하나, 빈 접시 하나 생기면
새가 모이 쪼아 먹듯이 금세 가져가니

먹은 양을 보면서 포만감을 느끼는 한국인들이 얼마나 허탈
하던가

쟁반 쓰는 것이거나
식탁에 순서대로 음식을 내놓거나
먼저 오고 늦게 온 사람 기억해 두었다가 순서를 지키게 가르
친다면
그들은 부산한 행복,
그들은 느긋한 여유를 잃을는지 모르리라
나는 아예 그 생각조차 버리고
우리의 답답함을 그들의 여유와 유유자적함으로 보기로 했네
효율을 알려준다는 명목으로
행복을 빼앗지 않아야겠다고 생각했다네

사마르칸트 do chinor korean 레스토랑 주인이
한국 음식을 배워오면서 효율을 가져오지 않은 것은
그들 삶을 지키려는 애잔함이라네.
사람 냄새 세탁하지 않으려는 발버둥이라네

기대는 기대를 넘지 못하고

기대는 기대를 넘지 못한다.
히바가 부하라를 넘고
부하라가 사마르칸트를 넘을 것이라는 기대를
기대가 넘지 못한다

사람들이 말하는 여행은 렌즈 속 풍경이다
레기스탄에 들어서 보라
사람을 압도하는 넓이와 높이,
웅성이는 사람들의 분주한 포즈,
뒤 꼭지로 보는 사람들의 풍경은 가히 풍경이다
다시 레기스탄 계단에 앉아 보라
연인들은 속삭이고
친구들은 앉았다가 일어서고
우리는 그들 속에 앉는다

앉은 채 천천히 들여다보면
둥근 기둥은 왼쪽이 길다
바르게 세우려다 바르지 못하면 비뚤어짐이고
비뚤어지게 세우려다 비뚤어지면 예술이다
바름을 세우려던 레기스탄,

미세한 기울어짐에 자꾸 눈이 간다
야경이 좋다는 레스토랑에서
낮이 보여주는 벽돌의 상처를 본다

비비하눔 모스크는
모두를 담기에 카메라 렌즈가 부족하다
티무르의 비비하눔에 대한 사랑이 살아있는 동안에 끊어졌건만
사랑하던 때에 쌓기 시작하던 벽돌은
지금껏 헐어지고 무너지고 있었다
변하지 않는 것은 아무 것도 없다
죽은 자들이 남긴 이야기 속에서조차

입장료를 내고 우리는 무너지는 벽돌을 본다
껍데기만 있는 사원,
껍데기는 가라의 시 구절이 자꾸 떠오른다

몇 장의 사진을 찍고 나는 꽃들을 본다.

비비하눔 모스크에서 멀지 않은
영묘가 작지만 살아 호흡한다

살아 있는 사원에서
기도가 내 몸을 은은하게 흔든다

중앙아시아 환전

더 생기가 넘치려면
여행지에서 충분히 누릴 돈이 있어야 한다
충분히란 너무 많아도 많은 만큼 행복이 늘지 않고
너무 적으면 고통스럽기에
여행 자체에 빠질 수 있는 만큼이다.

환율이 높으면 돈이 더 들고
여행지 물가가 높으면 돈을 아껴 쓰기 마련이다
이도 저도 만족시키려면
죽은 후에나 떠나야 한다.

떠나기 전 달러나 유로화, 위안화로
은행에서 환전할 때는 환율을 생각하고
몇 퍼센트로 환전해주는가를 따지지만
그렇게 따져서 이익이 되는 돈은
생각하고 따지는 값에도 못 미친다.

체크카드에 넉넉히 쓸 돈을 넣어 가면 신용카드보다 마음 편
하다
달러는 어디에서나 대접받으며 환전할 수 있다.

인도에 가면 길가에 수많은 환전상들이 있고
각 나라에서 국경을 넘을 때에도 환전상들이 있다
첫 가게는 싸고 마지막에 가면 더 높이 환전해 주니
환전소가 보인다고 먼저 갈 일이 아니다.

사설 환전소는 환전소에 따라 더 주고 덜 주고
주는 돈도 때로는 하늘에 비춰봐야 한다
쓸 수 있는 돈인지 또 확인한 후 그 앞에서 한 장 한 장 돈을
세야 한다
쉽게 돈 벌려는 유혹은 사람이 선하고 악함의 문제가 아니다
손동작이 능란한 환전상들은
액수 작은 지폐로 환전해 주면서 보는 앞에서 고도의 기술력
으로 밑장 빼기한다

은행에서는 고액권으로 환전해 주기 때문에
작은 가게에서 물건을 사거나 택시 탈 때는 미리 작은 돈으로
바꿔야 한다
현금을 사용하지 않는 시대,
중앙아시아에서 택시비, 운전기사 거스름돈이 부족하다

한 사람은 택시에 남아 기다리고

한 사람이 박물관 입장료를 내고 받은 잔돈으로 택시비를 주는데

거기에서도 다시 거스름돈이 없다

괜찮다고 하자 기사는 거스름돈보다 더 많은 과일을 주면서 고마워한다.

중앙아시아 부하라에도 ATM기가 거리마다 서 있다

카드 꽂고 비밀번호 네 자리에 덤으로 00을 넣으면

여행지의 돈으로 1퍼센트 정도의 수수료를 떼고

기계가 알아서 착착 세어서 준다

대신 우즈베키스탄 히바의 은행에서 12,090솜 주는 것을 부하라 기계는 11,800솜을 준다.

카드로 10,000솜을 찾으면 100솜의 수수료가 붙는다

기계도 다 큰 일꾼이라 품삯을 쳐 주어야 한다

달러는 기계 입맛에 맞지 않는지 종종 뱉어낸다.

히바에서 ATM기에 카드를 넣고 돈을 찾으려는 현지인인지 여행자인지가

기계에서 카드도 나오지 않고 돈도 나오지 않는지

고래고래 소리를 지르며 ATM기를 손바닥으로 탕탕 멀리서도
들리게 친다
  바로 옆에는 관광 경찰이 있지만
  카드는 카드고 ATM기는 기계이고
  관광 경찰은 경찰일 뿐이다.

초원의 유목민

기원전 6세기의 흑해 북쪽 연안 스키타이,
페르시아 아케메네스왕조가 위협을 느끼고
다리우스 1세가 70만으로 원정길을 떠났던 종족,
스키타이는 남러시아 초원의 페르시아 유목민,
비단 중계 무역으로 부를 쌓은 파르티아 또한 페르시아계,
역사에서 퇴장하더니 이들은 어디로 사라졌나.

기원전 4세기 몽골고원에 일어난 유목민족 최초 나라 흉노,
아랄해에서 한반도 북부까지 말을 달리던 나라,
스키타이, 한나라, 헬라스, 로마, 페르시아를 초원 비단길로 모
으니
한 고조 유방은 흉노의 포로가 되어 뇌물을 주고 풀려나고 나
서야 서로 웃으며 지내잔다
만리장성은 그 흉노를 방어하기 위함이니
디즈니 만화 영화 뮬란이 애처롭다.

돌궐, 곧 튀르크는 흉노의 뒤를 잇고
돌궐은 만주 랴오허강에서 러시아 볼가강까지 넓힌다
서돌궐이 페르시아, 비잔틴, 당나라를 위협하지만
동서로 나누어져 그만큼 줄어든 서돌궐은 657년 당나라에 멸

망하고

　동돌궐은 고구려와 동맹을 맺고 당나라에 맞선다

　그래도 만개한 꽃은 열흘을 넘기기 쉽지 않은 법, 화무십일홍
이다.

　8세기 튀르크, 위구르 제국은 비단길 교역을 낚아챈다

　티벳과 맞서 싸우고 중국의 비단으로 이익을 챙겨

　위구르는 당나라에 위험한 동반자,

　유목 문명과 정주 문명을 하나로 묶어 몽골의 본보기가 된다.

　흉노의 일부는 훈으로 서양사에 얼굴을 내밀고

　훈족에 쫓겨난 고트족이 로마제국을 멸망시키는 데 한 역할을
한다

　중부유럽에 건설한 훈 제국,

　아랄해에서 라인강과 도나우강에 이르는 나라,

　훈족의 후예가 동유럽 문명권이다.

　11세기 튀르크족이 이슬람교로 개종하고

　파미르고원 서쪽과 페르시아에 세운 셀주크 튀르크,

　중앙아시아는 튀르크인들의 땅이다

튀르크인들이 인도와 비잔틴제국을 접수해 오스만튀르크 제
국을 열더니
동방 기독 제국의 수도 콘스탄티노플을 무슬림이 활보한다
아야 소피야에 덧씌워진 이슬람 문양,
오랜 세월이 흐른 뒤
그 문양 위에 무엇이 덧씌워질 것인가.

오스만튀르크는 1299년 출발하여
1차 세계대전으로 1922년 종말을 고하더니
2차 세계대전 또한 연합군의 적이 되어 현재 튀르크다
어느 때나 그 자리에서 하는 판단이 최선일 테지만
결과는 운명처럼 패망이니 그 누구 탓도 아니다.

페르시아계 유목민은 사라지고
유목민 훈족은 동유럽 문명을 만들었으며
유목민 튀르크인들과 몽골인들은 근세사까지 이어진다.

척박한 초원에서 양과 말과 소를 기르던 유목민,
유르트는 잠자는 곳일 뿐이니
그들 유목민은 바람이다

그들은 어디에나 가고
무엇이든 풀어헤치는 폭풍이며 또한 산들바람이다.

아시아는 유목민의 역사이다

삶의 고행, 실크로드

텐산 북로 초원길, 텐산 남로 오아시스 북로, 타클라마칸 사막
남로,
모두 장안에서 출발하여 둔황을 거쳐
사마르칸트, 부하라의 오아시스에서 쉬고
콘스탄티노플을 지나 로마에 짐을 푼다
오아시스 비단길에서 인도 항구로 다시 인도 항구에서 로마로
이어지는 길이다
신라 경주에서 런던까지 역사는 실크로드에 있다

실크로드는 인간의 한계에 대한 도전이다
북위 40도 부근 연강수량 200~500밀리, 풀도 자라다가 말라
죽는 모래 바다에
낮이면 이글거리는 태양에 낙타마저 쓰러지고
밤이면 오돌오돌 떨고 웅크리면서
걸어도 걸어도 아득한 길 없는 길을 도둑을 경계하며 걸었다
걸어도 길이 되지 않는 사막을 걸었다.

서쪽 몽골의 고비 사막,
한 번 들어가면 살아서 나오지 못한다는 타클라마칸 사막,
남러시아와 우즈베키스탄의 붉은 모래밭, 키질쿰 사막,

투르메니스탄의 검은 모래, 카라쿰 사막,
이란의 카비르 사막과 루트 사막, 시리아 사막,
실크로드는 사막의 길이다.

이식쿨 호수 위와 아래,
파미르고원과 검은 자갈길 카라코람산맥을 넘는 상인들은 둔
황 석굴에서 기원하고
돌의 요새 사마르칸트, 사원의 도시 부하라의 오아시스에서
물을 원 없이 마시며 물로 목욕까지 하였겠지.

실크로드, 출발은 기대와 희망이다
부처를 믿고 알라를 외치며
어떤 이는 조로아스터교, 마니교에 몸과 마음을 의탁했겠지
그래도 죽어서 돌아가지 못하는 이가 있고
돌아가 보니 이미 무덤이 된 가족들이 있었겠지.

현장법사와 혜초, 사신 장건과 정복자 고선지,
마르코 폴로와 이븐바투타는 목숨 건 여행가,
그들이 사막에 모래로 흩날리고 있다.
알렉산더 대왕이 와서 결혼하고

칭기즈칸이 파괴하고
몽골 후예 티무르가 제국을 건설했던 땅을 뚫어서라도
비단을 실어 나르던 땅이라 비단길이지
사막의 모래바람 속에서 상인들을 삶을 꿰뚫는 철학자로 만
든 길이 아니었을까.

텐산산맥과 파미르고원에서 녹아 흐르는 물로
사과 할아버지란 뜻을 가진 물의 도시 알마티,
타쉬켄트와 사마르칸트와 부하라의 땅속에서 물이 솟고
제멋대로 강줄기를 바꾸는 아무다리야 강이 히바를 세우니
사막에서 물은 생명의 오아시스다
둔황의 명사산 사막 아래 그림 같은 오아시스는 아닐지라도
이들 오아시스는 더 큰 오아시스다.

바람 부는 방향 따라 움직이는 모래언덕,
자고 일어나면 방향조차 잊게 하는 사막 요술, 검은 바람인 카
라부란이
낮에 불어 닥치면 낮도 아예 깜깜한 밤이란다
바람 불면 몇 백 년 전 미라가 잠에서 깨어 일어나고
잔혹한 낮과 밤을 이겨낸 전갈과 독충이 생명체를 응시하면

태양도 숨을 멎는 사막,
설산을 녹인 물이면 그 사막의 열기를 식힌다.

오가는 길은 도둑이 뚫고 침략자가 뚫는다
흉노의 침공을 막으려 진나라는 만리장성을 쌓고
한무제는 대월지와 힘을 합해 흉노를 치려고 장건을 보내니
100명 출발에 단 두 명이 10년 만에 텐산산맥을 넘어 돌아오
니 장건은 실크로드 개척자다
당나라가 타림분지를 지배하면서 부를 쌓고
고선지가 중앙아시아 길을 뚫지만
탈라스 전투에서 패배함으로써 비단길은 잠시 멈칫한다
몽골이 비단길로 세계를 정복하더니
17세기 이후 비단길은 끝내 바람과 모래에 묻히고 만다
지금 다시, 세계 여행자들이 비단길을 걷고 달리고 오른다.

1978년 카라코람 하이웨이는 완공하기까지
낙타 한 마리조차 길을 내주기를 아까워했다지.
카자흐스탄의 최고봉 6,995미터의 한텡그리산,
텡그리의 나라는 하늘의 신을 텐산에 모셔두고 지금도 설산
을 본다

텐산산맥 중턱 우르무치 근처 천지는 백두산 천지와 같지 않
은가.

끝없는 사막에 오아시스를 만드는 설산,
신들이 사는 설산에 올라 비단처럼 몸을 휘날리며
그 봉우리들을 징검다리 삼아 뛰면 신이 될 수 있을까
자취 없이 눈에서 미끄럼을 탈 수 있지 않을까
부러움 없이 나도 눈이 될 수 있을까!

중앙아시아 음식

중앙아시아 요리는

쌀과 짭짤한 양념, 채소, 콩, 구운 육류가 주인공이다

식당에는 플로프와 삼사와 라그만이 버티고 있어

양고기를 양념과 함께 밀가루 빵 안에서 내어 먹으려면 삼사를 가리키고

양기름에 쌀과 야채로 볶아 그 위에 얹은 양고기를 볶음밥처럼 섞어 먹으려면

오쉬라고도 하는 플로프를 주문해야 한다

볶은 양고기에 피망, 토마토, 양파를 면과 함께 익힌 것을 먹으려면 라그만이다

만티는 몽골인들이 우리나라에 전한 찐만두,

맛도 모양도 같으니 식사 전후 간식이다

하나만 시키면 음식이 목에 걸리니

가장 많이 먹는 콜라가 싫으면 차이를 시켜라

한 주전자를 찻잔에 따라 마시면 몸도 마음도 따뜻해진다

앉으면 내놓는 것이 탄두리라고도 하는 난이니

오직 밀가루 반죽을 화덕에 구워내어

바삭함과 담백함이 매력이다

그래도 아쉽다면 샐러드를 시켜라

우리나라를 벗어나면 반찬도 물도 하나하나 돈 주고 시켜야

한다.

국물 요리가 몸에서 요구하면
감자, 당근, 순무에 삶은 양갈비를 넣은 쇼르포를 시켜야 한다
죽을 먹고 싶다면 면과 고기, 채소를 넣은 만파르를 수저로 떠
먹어라.

유목민의 나라에서는 그래도 샤슬릭, 케밥이니
양고기, 소고기, 닭고기 꼬치 숯불구이다
닭 날개가 곁들여 나오기도 하니
양고기만을 먹으려면 양고기만 주문해야 한다
소고기 스테이크는 양고기보다 더 돈을 요구하고
티본테이크는 100그램 단위로 메뉴판에 있으니 200그램은 되
어야 한다
레스토랑이라고 다 맥주가 있는 것은 아니다
이슬람 중앙아시아는 러시아 영향으로 술이 자유다
그렇다고 어디에서나 술을 팔지는 않는다
아스타나 항공에서는 거위 그림이 있는 러시아산 자테츠키 구
스(Žatecký Gus),
이슬람 최고 맥주 튀르크의 에페스(Efes),

보리 그림이 있는 키르기스스탄의 아르파(Arpa),
우즈베키스탄의 대표 맥주 사르바스트(SARBAST),
중앙아시아서도 좋아하는 러시아 인기 맥주 Baltika는 다만 0
은 무알콜이니 1부터 9까지 취향대로 고르라

중앙아시아에는 제철 과일, 말린 과일이 필수다
살구보다 조금 큰 사과는 풋과일 같고
작은 조롱박 같은 배는 씹기조차 불편하다
수박은 매번 빠짐없고 멜론은 맛도 좋아 복숭아나 살구, 자두
처럼 안 먹으면 서운하다
말린 살구와 건포도는 말려서 더 달고 꿀도 달다.

가정 식단에는 식탁에 각종 사탕이 화려하다
가정에서는 주는 대로 먹어야 하는 법,
탓하지 말고 음식 문화 체험에 빠져야 한다.

하루 종일 몸에 지녀야 하는 물,
호숫가에서도, 사막길에서도, 산길에서도 마신다
물병이 빵빵하면 가스가 있고
물병이 목까지 차 있고 물렁거리면 마시는 물이다

탄산가스가 있어도 때로 맛이 좋으니
맛을 보며 자기 입맛에 맞는 물을 찾아야 한다
시력이 좋아 굳이 깨알 같은 키릴 문자를 확인하려면
부정어 Her, 곧 네트라는 글자를 확인하라
부정하지 않으면 가스다.

제4부 고산에 피는 꽃

화호, 꽃길을 걸으며

가도 가도 에델바이스,
티 없이 하얀 귀족 같아라
가도 가도 내가 미천해서 이름조차 모를 천상의 꽃들,
파란색 델피니움, 노란 꽃 물싸리,
나는 이름 모를 꽃이 지천으로 어렵다
온몸으로 꽃을 피우는데 나는 이름조차 모른다
삶을 피우려고 키마저 멈춘 꽃들이여
그대들 꽃이 꽃이구나
하늘에 띄워보면 우뚝 솟고
땅에 새겨보면 도드라지니
맑은 태양을 듬뿍 받아 꽃들은 하늘을 향한다
그리움을 숨기지 않고 하늘을 온몸으로 떠받든다
한 계절의 한순간조차 아낄 수 없는 그대 정성이여
그대 꽃들이여
그대 온몸으로 피워내기에 이름조차 부르기 어려워라.

비 오는 날의 에델바이스, 젖어서 더 하얗다
스며드느라 더 하얗다
나도 더 하얘져 스며들어야 할까 보다.

쓰촨성의 청두

쓰촨성 청두,
한고조 유방이 잔도를 끊고 들어갔던 촉,
삼국지연의의 유비가 자리 잡은 촉한의 수도,
한번 가면 다신 돌아오지 못하는 파촉 삼만 리,
이제 사람들은 한번 발을 들이면 떠나고 싶지 않다 말한다

촉의 땅 청두에는
휘궈와 마라탕의 매움이 우리에게 시원함으로 다가온다
시선 이백은 술 속에서 달을 찾아 강으로 뛰어들더니
청두의 신선으로 남는다
시성 두보는 술조차 마음껏 마실 수 없이 살며 시 천 수를 남
기더니
죽어서 살아 있는 초당이 북적인다

제갈이건 유비이건
우허우츠(무후사) 붉은 담장 대숲이 그들을 떠받든다
두부의 시이건 두부 가족의 삶이건
두부 초당 붉은 담장 대숲이 그들을 떠받든다

시내를 걷다가 쉬려 하면 여기저기 공원이 기다린다

쉴 만큼 쉬었으면 가라고 입장료 없는 공원이 오정이면 문을
닫는다

청두에서 덖은 차를 마시며
두보의 고향을 그리는 마음을 읽든지
청두 우랑예를 마시며
이백의 술과 달을 읽든지
그러다가 대숲을 연필로 쓱쓱 세우면
청두의 하루가 인생에 깊숙이 자리한다
그러다가 원수위안(문수원)을 거닐면
극락왕생 빌지 않아도 극락이다
그럴 때쯤
마파두부를 먹어도 보고
진리의 거리를 담아도 보며
콴짜이샹쯔에서 보물을 찾을 수도 있다

말이 말을 경계하고

사람을 싣고 짐을 진 말은
온몸에서 땀이 수증기가 된다
산을 오르면서 풀을 뜯을 때 말 탄 사람은 가여워 가자 말하
지 못한다
길가에 지천으로 피어있는 엉겅퀴꽃이 약재임을 알아서
말은 사람을 태우고도 가시를 입술로 눕히면서 조심스레 입속
으로 넣는다
장갑 낀 손으로도 따가운 가시 꽃을 말은 가다 가다 뜯는다
말몰이꾼은 채찍으로 말을 재촉만하니
아는 사람이 원래 더 무섭지.

산에 들에 자유로이 풀을 뜯는 말들이 부럽겠지
그러나 푸푸 뿜어 대고라도 앞만 보고 걸어야지
재갈 물려 고삐 채는 대로 가면서도 사람 싣고 짐을 진다네
짐을 부리면 벌렁 드러누워 풀밭에 등을 비비고 오르고 내리
는 기쁨을 누리니
삼백육십오 일 방목은 싱거운 삶이다.

말도 사람이 끌고 사람을 태워서인지
사람처럼 서열이 있어

뒤꽁무니에 바싹 붙어 좌우로 머리 교대하며 졸졸 따른다
어쩌다 함께 걷거나 앞지르려면 앞말이 고개로 위협하고
친분 없거나 사이좋지 않은 말이 바싹 따르면
뒷발질하며 떨구어 내니
그 덤으로 타고 있는 사람이 날아갈까 보다.

말은 그래도 자기가 주인이라고
고삐를 당겨도 벼랑길 우뚝한 곳으로 간다
말들은 사람을 따르며 천리마 백토마 적토마를 꿈꾸다가
벼랑길에서 사람의 사랑을 받는 애마부인을 꿈꾸는지 모른다.

초원과 고산중의 길

차를 타고 가는데도 호흡이 가빠진다
해발 3,800미터 고원 민둥산 초원에 모우니우,
야크가 떼 지어 풀을 뜯는다
고산중은 밥을 바쁘게 먹어도 숨이 급해진다
몇 걸음 걸으면 멈추라 하고
몇 잔 마시면 쉬라 한다
따뜻한 물로라도 샤워하지 말란다
잠시 추위에 노출되면 머리가 식고 발이 식다가 가슴이 떨리
기조차 한다.

고산중을 달래서라도 고원을 걸어야 한다
고원의 길은 더 멀리 보이고
고원 숲속의 길은 더 뚜렷하다
티끌을 숨아내고 먼지를 걸러내어
고원의 하늘은 청정하여 자외선이 직행한다
썬크림을 바르고 모자로 그늘을 만들어
열 걸음 계단을 오르면 뒤돌아보고
스무 걸음 발을 내딛고는 고원에 담긴 맑은 공기를 보아야 한다
오를수록 가까워지는 구름의 느린 형상을 눈에 담고
오를수록 납작 엎드린 꽃을 맑은 눈으로 보아야 한다

해발 삼천사백이 넘는 누얼까이의 초원은 어디나 길이지만
누군가 걸어간 길이라서 더 정답다
황하구곡제일만의 풍경을 담으러 오르는 계단은
부족하지만 맑은 공기가 쉬어가라 발길을 붙잡고
황하 옆길 나무 판잣길은 곡선이어서 좋다
강가 꽃길이어서 오솔길 여유로움으로 나를 잊게 하고
그 길이 또 다른 길로 이어져서 꿈길 같다
드넓은 초원에 굴곡 따라 휘어진 길을 또한 어찌 말하랴
나조차 잊으니 어찌 말하랴.

길은 언제나 길 끝을 궁금하게 한다.

감숙성 짜가나 마을의 바위산

바위산과 구름
바위산은 구름의 얼굴이다
바위산은 억겁의 세월에 흔들리지 않고
구름은 그 바위산을 언제나 새로이 치장한다
짜가나의 바위산은 형체 없는 구름과 안개로 만들어진다
단단해서 홀로 변할 수 없는 바위산은 구름으로 완성된다.

구름이 머리를 가리면 바위산과 하늘은 그리움의 경계가 사라
지고
구름이 바위산 허리를 가리면 봉우리는 스쳐 지나가는 연인이며
구름이 온통 산을 덮어 가리면 잊혀진 만남이다.

구름이 산봉우리의 하늘에 떠서 그림자를 드리워 마음을 던
지고
구름이 하늘에 떠서 바위산 봉우리를 꽃으로 피운다
뚫을 수도 없는 단단함이 만질 수도 없는 부드러운 구름으로
완성된다.

사람도 끝내는 바위로 서 있으면서 구름이 되어야 한다.

라브랑진 사원의 도시

감숙성, 샤허현 라브랑진은 라브랑 사원의 도시다
전생에서부터 켜켜이 쌓인 삶의 티끌이 얼마나 무겁길래
아니 현생의 업보가 삶을 어떻게 누르리라 믿길래
머리 허연 노인에서 젊은 처자까지 오체투지인가.

납작 엎드린 흙집에서 자주색 가사를 두르고
황금빛 사원에 충분히 볼 살 오른 부처님을 모신다
붉은 담장, 노란 담장 벽 사원, 흰 벽 높은 사원, 진한 자주색
갈대 같은 지붕 밑 마지막 높은 벽,
거리는 부처님만큼 고요하고
극락왕생에 바쁜 이들이 염원하듯 걷는다.

구부러진 허리에 지팡이를 짚고
불상에 입을 맞추며 불상 앞 상자에 돈을 넣고
부처님 앞에서 오체투지한다
사원을 둘러싼 마니차를 돌리고
사원 전체를 도는 토라에 지팡이도 함께 한다.

그들에게 마니차와 토라도
현재의 고통을 망각하게 하는 오체투지이다.

쓰촨성 천장터

하늘로 가는 길, 천장터에는
열린 나무 상자에 칠팔 개 손도끼들이 엉겨 있고
도끼에 맞은 나무 그루터기는 닳을 대로 닳았다
여기저기 잔디와 돌 사이에는
도끼 조각에 조각난 뼈들이 하늘로 가지 못하고 흩어져 있다
천장터 위에는 하늘로 영혼을 실어 나르느라
오색 기도 깃발 룽따가 바람에 닳아 흩날린다
진리가 바람을 타고 세상 곳곳으로 퍼져 중생들이여 해탈에
이르라
달리는 말처럼 깃발은 쉬지 않고 나부낀다
영혼은 육신을 버려야 훨훨 날아오르지,
독수리는 염라대왕의 사자,
도끼로 풀어헤친 육신을 먹어 치우려
오늘도
어린아이만한 독수리들이 산등성이를 쉬다 건다 한다.

독수리들이 있는데 개들은 왜 서성이는지.

죽어서 육신은 도끼로 부수어져 독수리 먹이가 되는 사람들,
사찰을 돌고 탑을 도는 토라 행렬

경전을 돌리며 구원을 바라는 삶,
쓰촨성 랑므스와 감숙성 랑무스 천장터에는
쳇바퀴 같은 삶이 도달하려는 천장,
그들은 독수리에 의탁해 구원을 얻으려는지 모른다
육신 때문에 해탈에 이르지 못한 이들을 독수리가 구원하려는
지 모른다.

청해호 유채꽃도 흔들리고

나그네는 그네처럼 흔들리며 간다
차창 속에서 흔들리고
흔들리는 차 속에서 가슴이 흔들린다
어떤 나그네는 가는 곳마다 유명 관광지에 흔들리고
어떤 이는 마라탕이나 양꼬치 맛에 흔들린다
또 어떤 이는 반복되는 일상을 벗어나려 자신을 흔들고
또 어떤 이는 왜 여행하는지 물음에 답하지 못하면서 여행에
흔들린다
청해호에서 호수인지 바다인지 저수지인지 모르는 사진 찍는
것같이
때로는 흔들림 없이 그러나 흔들린다.

흔들림이 멈출 때
팔월 하순의 청해호에는 유채꽃 바다가 출렁이고
그 너머 푸른 바다 호수 청해호가 잔잔히 흔들린다
중국 최대 호수라니
바다라는 이름을 붙여주어야지
그렇다고 바다는 아니어서 청해호,
승합차로 한 시간을 달려도 그 끝이 보이지 않고
말과 낙타에 사람을 태우고 거닐게 하며 돈을 버는 현지인들

이 붙인 이름을
　지나가는 흔들리는 나그네는 그저 *끄덕*일 뿐이다
　철조망으로 구역을 정하고 입장료를 받는 현지인들이
　바다 호수라 하니 그 흔듦에 *끄덕*일 뿐이다.

　해발 3,200미터,
　백두산 천지보다 높은 곳에
　연못이라는 천지를 보면 바다라 부를 청해호.

정략결혼의 포탈라궁

정략결혼 때문에 티벳으로 떠나는 당나라 문성 공주,

고향이 생각나거든 보라고 준 거울 일월보경을 일월산에서 깨
뜨리고 토번으로 떠난다
공주는 청해에 이르러
천하의 강물이 모두 동쪽으로 흘러가건만
나만 홀로 서쪽으로 간다고 노래하지 않았나
아예 토번에 살기로 작정한 공주,
당나라 여인들과 사서오경과 수많은 서적, 석가모니 불상과 함께
각종 종자들까지 챙겨 갔으니
그 씨앗이 손첸캄포에게 포탈라궁을 짓게 하여 티벳은 불교
국가가 된다
한 여인의 정략결혼,
아버지 무릎에 기대어 울던 딸이 바꾼 세상이
지금껏 이어진다.
포탈라궁!

차카 염호

싸락눈 내린 호수 같다
내 고향의 눈 내린 얼어버린 저수지 같다
우유니 사막 어느 구석이다
푸른 소금 바다, 해발 3,059미터 소금 호수 차카 염호에는
먼저 인간의 소원을 실어 나르는 다르촉이 휘날리고
소금으로 만든 조각들이 소금의 쓸모를 새롭게 보여준다
장화를 빌리는 가게들을 지나
관광객을 태운 협궤열차를 보내면
좌우로 염전이 펼쳐진다
바람이 없는 날이면 소금을 담은 호숫물이 호수 밖을 비추고
비치는 나를 담을 수 있으니 하늘이 도와야 한다
파란 하늘, 흰 구름, 설산, 풍력발전소가 함께 할 때
차카 염호는 착한 하늘의 거울이 된다
설산 내린 은빛 빙설의 물이 나를 비추는 거울이 된다
물기 없는 소금 바다 곳곳에서
구멍 뚫린 소금물 호수가 나에게 맑게 비추라 한다.

여기저기
소금처럼 하얗게 꽃으로 피우며
자신을 또한 보라 한다.

칭하이성에 피는 꽃

고산지대는 날씨가 따뜻해지는 시기에 일제히 꽃이 핀다
크다 말고라도 꽃이 피고
커서 기다리다가도 꽃이 핀다
행여 계절을 놓칠세라
혹여 태양이 숨을까 봐
칠팔월 고원지대는 꽃들 천지다
구름으로 덮여 비를 맞아도
자외선 내리쬐는 맑은 날에도
지금 여기 이 순간이 꽃이라고 핀다
내일도 기약하지 않고
기나긴 겨울을 항거하려고
엎드린 풀은 엎드린 대로
멀쩡히 큰 나무는 멀쩡한 대로
미래를 생각지 않고 지금 이 순간을 몽땅 핀다
쓰촨 깐수 칭하이 고원지대는 꽃이 합창하듯 핀다
경관을 찾아온 이들에게 보란 듯이 핀다.
사람들에게 내가 경관이라며 핀다.
사람들에게.

몽골의 할미꽃

몽골의 할미꽃은 당당하다
나이 들어 굽은 모습이 아니다
하늘을 향해 머리를 세워 꽃술이 사방 천지를 향한다
해발 이천삼백 미터에서 부는 바람에도
맑아서 따가운 홉스굴의 태양에도
허리를 굽히지 않고 머리를 조아리지 않는다
옆에서 노란 꽃이 피거나 파란 허브꽃이 나풀거려도
햇볕을 닮아서 희부연 머리카락을 당당히 흩날린다.

홉스굴 꽃동산

꽃을 보면 꽃길이다
몽골 홉스굴 호수를 내려다보는 산등성이에는
작은 풀은 작은 대로 작게 꽃이 피고
밀어주는 잎이 큰 풀들은 꽃대 곤두세워 핀다
가는 대궁에는 떠받칠 만한 꽃을 앉히고
큰 대궁에는 비바람 친구가 될 만한 꽃을 담아
그 무게만큼만 꽃을 떠받든다.

초원에서 말똥 소똥 양똥을 밟지 않으려면
꽃을 보지 못하니 꽃길도 똥길이다
언제나 그렇듯
꽃을 보면 꽃길이고 똥을 보면 똥길이다
몽골 초원의 산 능선까지 제 삶을 담은 꽃길 속에
산 아래에서 산 능선까지 마른 똥 무른 똥이 널려 있다.

작은 꽃을 보면 꽃이 작아 제 자리에서 삶을 피우고
큰 꽃을 보면 꽃이 커서 멀리까지 빛을 내지만
좁은 사이로 큰 꽃들이 자리를 채워
멀리서 보면 소똥도 보이지 않고
꽃동산이다

짧은 계절 한 철에 동시에 피어
꽃길 꽃동산이다
해발 1,616미터에서 2,233미터까지
능선 따라 핀 꽃길에는
파리모기가 무수히 삶을 즐겨 놀고 있다
몽골 홉스굴에는 모두가 이 계절 이 시간이 아니면
삶이 기나긴 동면에 들 것임을 안다.

칭기즈칸의 초원

칭기즈칸,
감히 부르지 마라
굳이 부르려면 대칸이라 하라
이름밖에 모르면 차라리 부르지 마라.

초원 너머 이어지는 초원을 노래하지 마라
바다 물결처럼 일렁이는 능선을 기껏 언어로는 표현할 수 없으니
바람처럼 자유로운 말들의 갈기를 하염없이 보라
대칸이 바람을 가르고 세상을 휘저은 곳은 가도 가도 초원이다.

숲속은 숲대로 우리를 홀리고
도시는 도시대로 우리를 유혹한다
그러나 초원은 우리가 홀려야 하고 우리가 유혹해야 한다.

바람처럼 하늘의 벼락처럼 달려야
일렁이는 바다보다 둔황의 모래사막보다 더 고른 초원 한 능선
일 테니
그 하염없는 능선들을 눈으로조차 누빌 자가 누구랴
자연은 그지 우리가 빠져야 할 영혼이다.

체체궁 산,

나무 한 줄기 없던 초원에서 숲속으로 들어서면

가을 날씨로 살갗이 탄력을 받아 생기롭다

고목이 삶을 다하고 쓰러져

후대의 나무에 거름이 되고

땅은 넘치는 물을 길가로 뿜어내고 있다

해발 이천삼백 미터 정상은 돌이 모여

초원과 숲을 굽어보며

변함없으라 몽골인들의 형형색색 깃발이 쉼 없는 바람에 신의

돌로 서 있다.

울란바토르 칭기즈칸

칭기즈칸의 나라,
몽골은 시선이 머무를 줄 모르는 초원이다
달려간 자리가 길이며 달리고자 하는 초원이 길이다
누구나 길을 만들고 누구나 길을 다지지만 누구나 길을 제대
로 찾는 것은 아니다
이정표도, 인터넷 길라잡이도 바람 따라 난 길을 안내하지 못
하고
다져진 길도 언제나 다져진 채는 아니어서
길은 길이지만 매의 눈으로 앞길을 보아야 한다.

칭기즈칸의 후예들은 이제
푸른 초원의 길을 말 대신 자동차로, 오토바이로 달리고
말 대신 짐을 실은 대형 트럭은 멈출 수 없어 도로를 건너는
말을 치고 나간다
비가 오나 눈이 오나 들판의 유목민은 그저 몰이를 할 뿐이고
울타리에 상추거나 오이 한 줄기 심는 일 없이
키우는 짐승들 젖을 짜고 평생을 돌본다
초원에서 양이거나 말이거나 소, 야크, 염소는 떼 지어 풀을
뜯거나 앉아 쉰다
유목민들은 초원에 길을 만들어 게르를 짓고

점점이 흩어져 풀을 뜯는 양들을 살피고
휘날리는 말갈기를 보면서
말달려 길을 만든 대칸을 생각하는지 모른다.

잠든 유럽을 깨운 칭기즈칸은
이제
몽골 초원에 동상으로 고향을 향해 서 있고
보드카 술병에 금빛으로 살아있다
공항 이름에 칭기즈칸의 얼굴이 두툼하게 그려져 있고
대칸은 울란바토르 중심 칭기즈칸 광장에 앉아 수하바타르를
본다
잠든 유럽을 깨우고 칭기즈칸이 떠나자
대칸의 후손은 유목에서 정착하여 몽골은 잠잔다
남을 깨우고 자기는 잠자는 나라, 몽골 사람들은 초원으로 놀
러 간다
노마드는 노마드로 남아야 한다는 걸 그들은 아는지 모르는지
울란바토르에 살면서 자동차를 타고 초원 밖 숲속으로 소풍
간다.

물길 따라 나무
—중앙아시아 트레킹—

자작자작 화촉으로 사랑을 태우고
카자흐스탄 거리마다에서
자작자작 사랑을 새겨 넣는 자작나무,
키르기스스탄에서는 텐산산맥 빙하 녹은 물을 마신다.

떨 때마다 은빛으로 하늘을 되비추는 은사시나무,
자작나무라 부르지 마라
우리 마을 냇가에 있어도
은사시에는 은빛의 몫을 잎사귀 뒷면에 감추고 있다.

미루나무, 아름다운 버드나무,
하늘로 솟고 땅으로 뿌리내려 땅 속 물길을 찾는다
우즈베키스탄 지상에서 길을 내고 마을을 감싼다.

님도 보며 잎을 따던 뽕나무,
누에가 빚은 비단으로 관능을 드러내고
실크로드 고색창연한 건물마다 고목으로 서 있다
부하라 라비하우스에서 뽕나무는 죽어서 선 채로 영원하다.

알라메딘 계곡이건 알틴아라샨 산등성이건

하늘과 바람을 경계하며 낮게 향을 뿜어내느라
배배 꼬아 작품이 된 향나무,
모든 죽은 자들을 위해 향을 피워낸다.

산비탈에서 하늘에 오르는 전나무,
나무바다를 이루어 하늘이 되고자 하면서
습기가 많고 땅이 깊은 계곡을 좋아한다
고산지대에서 나무바다를 이루는 가문비나무,
산비탈 무너지는 경사에 서서 경사를 지탱한다
전나무 바다인지 가문비나무 바다인지
하늘을 향해서는 바른 자세여야 한다는 듯이
흐르는 태양을 향하면서도 곧다.

중앙아시아 어딜 가나 가시 엉겨 붙은 엉겅퀴,
선인장도 먹는 낙타가 엉겅퀴는 버리겠나
말이 먹든, 사람을 스치며 상처를 내든
어혈과 간에 좋다는 약재가 제 방식대로 핀다.

비 몇 방울에 희망을 품고 솟다가
그예 말라비틀어져 먼지를 풀풀 날리는 초원,

그 초원의 물길 닿는 곳마다

자기를 사는 나무를 본다

자기를 살지 못하는 사람들을 관광하면서 자기를 산다.

제5부 캐리비안 크루즈

COZUMEL에서 데킬라를

이틀을 미끄러져 온 크루즈가 처음 쉬는 곳,
칸쿤 아래에 떠 있는 코주멜에서 크루즈에게 낮잠을 자라고
우리는 섬에 내려 비로소 크루즈의 빼어난 몸체를 본다
체크아웃 후 객실 카드로 멕시코에 입국하며
토속 춤과 면세 상품과 향토 물품들의 유혹을 건는다
어디서나 보는 메이드 인 차이나가
여기서는 메이드 인 멕시코라서 새롭다
가게에서는 오든 말든
손님들에게 달라붙지 않아 편하다
면으로 된 티셔츠 몇 장을 사고
엘레강을 조건으로 하는 날의 식당에 들어가려 웃옷을 샀다
8시에 내려 11시에 예약한 버스를 타고 이동하여
데킬라의 긴 자랑을 마신다
경쾌하고 맑은 목소리의 멕시코 음악과 함께
선이 강한 춤을 보며 우리는 함께 일어서 하나가 된다
연극은 어디서나 언제나 사랑과 이별 그리고 더하여 죽음이다
군더더기 없는 몸매의 배우와 하나 되어 공연이 마무리되고
레스토랑에서 데킬라 몇 잔에 멕시코가 된다

멕시코만 크루즈

레모네이드 한 잔을 앞에 놓고
멕시코만 망망대해 청남에 물들어가고 있을 때
전동차를 타고 굴러가는 살이 넘쳐흐르는 운전자를 또 본다.

햇볕에 나가면 파고드는 벌레처럼 살결이 스멀거리고
실내로 들어오면 에어컨에 피부가 쪼그라든다
기대고 누워 책 읽는 사람들 따라할까 하며
객실로 향하지만 여기저기 방 청소하느라 번잡하여
다시 4층 객실에서 9층 식당으로 올라와
커피를 마실까 망설이다가
뷔페를 준비하는 곳 너머에
피자를 살결처럼 차곡히 쌓는 것을 보며
레모네이드를 따랐다.

잘뚝이면서 물병을 들고 지나간 자리에
바삐 움직여야 채용될 직원들이 가뿐하게 지나가고
태연히 전동차 운전자가 자기의 권리를 누리며 간다.

스스로 자기에게서 말미암은 자유,
누구랄 것도 없이 마음껏 먹고

누구의 눈도 마주칠 것 없이 볼 것을 보고

Fun과 Relaxing으로

Sieze the day를 산다

크루즈에 오르는 순간부터 바다의 자유다

자유롭게 밀려오는 살덩이에 칠 때까지

크루즈 삶은 자유다

자유가 사망할 때까지는 자유다.

캐리비언 카니발의 빌리즈 시티

아침 식사 후 9시 여행 티켓 번호가 호출될 때마다
줄지어 나가고 드디어 긴 복도를 따라 객실 카드 체크 후
다시 우리를 밤새 품었던 크루즈에서 밖으로 나온다
적도에 더 가까워지지만 내려앉은 구름이 바람을 몰고 와
항구까지 실어 나르는 바람에 긴 팔로 몸을 감싼다
캐리비안 한 겨울의 피서는 구름과 바람이다
구명조끼 착용 교육을 하는 직원의 유머는 승객들의 호응으로
삶의 생기가 돋는다
티켓팅을 하면서
즐거움으로 맞이하는 직원의 미소에 하는 일이 숨은 듯 살금
살금 따라온다.

한 시간 버스를 기다리고 한 시간 이십 분을 달려
알툰 하 마야 문명 유적지에 도착한다
허리케인으로 새로운 마을을 개척하다가 발굴했다는 사방이
돌탑이다
가도 가도 끝없이 펼쳐진 밀림의 평원 가운데
둔덕만 돼도 하늘의 태양에 닿는 신전을 짓고
바닷속 고기처럼 밀림 속에서 유영했을 마야인을 생각한다
멕시코의 거대 신전을 그리다가 보는 유적은 초라하다

돌아오는 중에 사십 만 인구의 빌리즈 국가에서 빛나는 레스
토랑인지

마야 유적지를 돌아오는 길에 유일한 레스토랑이라서인지 연
신 관광버스가 주차하고

초가지붕 아래 사십 여 명 앉을 좌석에

날아가는 찐 밥과 양배추를 잘게 썬 야채와 닭고기 한 점으로
점심이 바쁘다

3.5달러 맥주 맛이 5달러는 되어 다시 한 병을 손에 든다

4시에 귀선하여

저녁 식사 후 카지노 동전 밀기 게임을 기대하지만

5달러로 5분이 지나면 손님은 떠난다

공연장에서 손님이 참가하는 쇼는 용수철처럼 몸을 솟구치며
손을 흔들고

환호성과 탄식과 감동과 박수가 크루즈의 밤을 연주한다

배가 미끄러져 가며

걷는 사람이 술에 취한 듯

경박함이 없이 느리게 그리고 천천히 오르내린다

몇 잔의 낮술에 취한 듯 크루즈가 걷는다.

재미와 무관심

살면서 가장 많이 들어야 할 말이다
살아가면서 가장 자주 듣는 말이다
어제도 오늘도 듣고, 내일도 마주하는 사람과 듣는 말이 있다
Enjoy Thank you Welcome Excuse me Your welcome
Excellent

마주하면 먼저 하는 일이 있다
말을 하면서 한 번은 가능한 해야 하는 일이 있다
말을 들으며 꼭 해야 하는 일이 있다
배에서 구명복 착용을 설명하는 흑인의 힘찬 설명에도 반드시
따르는 일이 있고
크루즈 Tuffle Restoran에서 음식을 주문하면서도 그리고 음
식을 치우면서도 빠질 때가 드물다
레스토랑이라고 음식만 밀어 넣는 게 아니다
Fun과 터지는 웃음 그리고 과장한 듯한 몸짓이다
우아한 Elgant 식사 중간에도 숏타임에는 음식 서빙하는 이들
이 모두 나와 춤을 추며 노래한다
몸속의 피를 억제하지 못하는 손님도 몸을 흔든다
생일 축하 노래에 악을 써서 웃고
맛있느냐고 물으면서 서로 웃고

시작처럼 끝에서도 Thank you인 세상이다
언제 봤느냐고 물을 일이 아니다
삶은 그저 Fun이다, 그 외는 관여할 일 아니다
더구나 크루즈에서는.

온두라스 로아탄

새벽 다섯 시에도 크루즈는 카리브 해를 미끄러진다
다시 깨어 열어젖힌 커튼 밖으로 멈춰 선 섬을 본다
아홉 시 반에 가벼운 가방에 물병을 챙겨 온두라스 모호가니
베이 로아탄에 절차 없이 들어간다
크루즈가 정박하여 입국하는 곳은 쇼핑의 거리다
온두라스 로아탄을 새긴 나무 조각과 티셔츠, 물감으로 드러
낸 캐리비안의 노을, 변형한 맥주병을 장식한 남녀의 성애상이
튄다
토산 맥주와 허리케인 칵테일 몇 잔씩 나초를 곁들여 기울이
며 온두라스의 흥을 돋운다
때 마침 빗방울에 신나는 음악이 쏟아진다
우리는 삶의 정점에 있다
먹고 마시고 놀고 뛰고 지금 이 순간 외의 모든 것을 잊는다
한 시간 쯤 삼백 달러 흥을 마시고
광장은 춤의 물결이 비가 훑고 지나간 자리를 채운다
로아탄 비치로 가는 길은 영원의 길이다
언제까지 머무르고 싶은 즐거운 휴식처이다
온두라스인지는 알 것도 없고
황금 같은 흥이 담긴 섬일 뿐이다
해적처럼 우리는 흥을 약탈한다.

그랜드 케이먼

그랜드 케이먼은 쿠바의 적도 쪽,
영국령이던 땅에는 티셔츠 하나에 20달러가 훌쩍 넘고
멕시코에서 두 개에 20달러 하던 모자가 여기서는 하나다

바닷속 고기를 보는 반 잠수함 유람선에서
허리케인에 수장된 수많은 배의 시신들이 서서히 바닷속에서
썩어가고 있다
사이사이로 캐리비의 바닷고기들이 유영하고
잠수사의 먹이를 따라 물고기들이 배를 에워싼다
일 미터가 넘는 큰 고기들은 그 먹이에 연연하지 않으니
큰 것은 큰 대로 논다

그랜드 케이먼은 해적들 손에 들린 럼이다
럼이 그랜드 케이먼 섬이다
해적의 섬에서는 해적의 도둑질처럼 물가조차 도둑이다.

크루즈의 있고 없음

크루즈는 노인이다
크루즈는 가족이다
크루즈는 거대 비만이다
크루즈는 음식이다
크루즈는 레스토랑의 정장이다
크루즈는 카메라맨의 사진이다
크루즈는 매일 저녁 7시 반 뮤지컬이다
크루즈는 빈둥거리는 선텐이다
크루즈는 기포 솟는 자쿠지와 수영이다
크루즈는 카지노다
크루즈는 도미노와 카드 게임이다
크루즈는 알콜 바이다
크루즈는 음악이다
크루즈는 독서다
가끔은 크루즈는 댄스다.

크루즈에서는 카메라가 왜소하다
크루즈에서는 스마트폰이 숨죽인다.

크루즈는 시차를 적용하지 않는 배 시간이 있다

크루즈에는 유료 주류가 있다

크루즈에는 유료 음식이 있다

크루즈에는 유료 사진이 있다

크루즈에는 유료 물이 있다

크루즈에는 고가의 유료 와이파이가 있다

크루즈에는 천 개가 넘는 객실이 있다

크루즈에는 세 군데에 여러 대의 엘리베이터가 있다

크루즈에는 여러 개의 계단이 있다

크루즈에는 1층에 두 개의 또는 한 개의 정박 중 출입문 Gangaway가 있다

크루즈에는 면세점이 있다

크루즈에서는 그림을 판매한다

크루즈에서는 보석을 판매한다

크루즈에서는 크루즈 기념품을 판매한다

크루즈에는 헬스장이 있다

크루즈에는 미니 골프장이 있다

크루즈에는 미니 농구장이 있다

크루즈에는 미니탁구장이 있다

크루즈에는 조용한 도서관이 있다

크루즈에는 게임실이 있다

크루즈에는 바다를 바라보며 잘 수 있는 휴식처가 있다.

크루즈에는 9층에 음식이 진열되어 있다
9층 그릴에는 기름기 고소한 베이컨과 구운 토마토와 삶은 계란과 구운 빵과 시럽과 등등이 있다
9층 그릴 옆에는 빵과 요거트와 등등이 있다
9층 빵 옆에는 햄버거와 피자가 있다
9층 그 맞은편에는 망고 자몽 등등 과일이 있고 붙어서 햄과 소시지가 있다
살짝 건너뛰어 요거트가 진열되어 있고 깎지 않은 크다 만 사과와 노란 오렌지와 등등이 있다
9층 과일 옆에는 기다려서 먹는 오믈렛이 있다
음식과 음식 사이 공간에는 커피와 레모네이드 주스 분출구가 여럿 있다
사이에 사과 주스와 오렌지 주스와 차가운 물과 얼음이 컵을 대고 누르면 나온다.

크루즈는 예약 손님 저녁 만찬에 캐주얼 한 날에는 복장이 캐주얼이다
크루즈 엘레강 저녁 만찬 안내가 있는 날은 정장이다

만찬에는 반바지거나 수영복 차림이 넥타이 차림으로 바뀐다

최소한 와이셔츠나 정장 바지 차림이다

엘레강은 여자에게 적격이라 힐을 신고 화려한 옷으로 뒤뚱뒤뚱 옷이 함께 흔들린다

남녀 정장 차림이 레스토랑 앞에 미리 줄지어 선다

레스토랑으로 가는 길목에는 사진사들이 사진 찍기에 바쁘다

그들은 먹기 위해 옷을 입는다

우아한 옷을 위해 사진을 찍는다

사진을 위해 옷을 입는다

가끔은 잔에 와인을 따라 들고 레스토랑 앞에서 마시면서 마시려고 기다린다.

저녁 시간이 지나면 햄버거를 먹을 수 있다

저녁 시간이 지나면 피자를 먹을 수 있다

밤새워 커피를 마실 수 있다

그러는 동안 크루즈는 조용히 그러나 무섭게 빠르게 전진한다

육중하게 조용히 흔들리며 나를 취한 듯 만든다.

카니발 크루즈를 두 번째 타는 우리는 방 카드 색이 파랑이 아니라 빨강이다

빨강 카드에게는 큰 물병을 두 개나 준다.

캐리비언 크루즈 세 번 승선 중 동양 사람은 지난 번 오천 명
이 승선한 노르웨지언 크루즈 한 번이다.

저녁 열 시 넘어 먹는 피자 맛이 밤을 유혹한다
피자를 먹고 음악을 따라가면 야외 해수욕장 앞에서 사람들
은 그저 흔든다
춤이랄 것도 없고
춤이 아니랄 것도 없다
노래가 시작되거나
노래가 끝나면 환호성을 지르고
무대의 악사와 가수는 흥분하여 화답한다
어디서나 호응을 유도하고
누구나 환호하며 과장되게 응답하여
기쁨을 만들고
즐거움을 만들고
행복을 만들고
서로를 완성하여
끝내는 모두의 삶을 만든다

늦은 밤 크루즈여,
Seize the day!
삶의 목적을 향유하며
바다에서 휴가에 휘청인다.

다만 크루즈에는 흙과 풀과 돌과 나비가 없다.
추신, 캐리비언 크루즈에는 동양 사람도 없다.

36시간 망망대해

어제저녁 6시부터 크루즈는 그랜드 케이먼에서 탬파로 뱃머리
를 돌렸다
내일 아침 8시에 크루즈에서 내린다.

열 시에 아침을 먹고
바닷바람을 맞으며 소립자를 읽었다
그늘에까지 피부가 조금씩 따가워진다
점심을 먹으러 가는 길은 속도에 취해서 비틀거린다
거대한 강이, 아니 수평선 바다가 무서운 속도로 흐른다
몇 점 포크를 찍을 때 와장창 세상이 무너진다
접시가 흔들리는 크루즈에 삶을 팽개치고 부서지고 무너지는
바람에 직원들이 부산하다.

객실에 들어와 도미노 게임을 한다
삶은 즐김이며 놀이이지만
우리는 돈을 걸어야 한다
돈은 즐김이 아니다
돈은 생존이다
돈은 나를 파먹는 벌레다
돈은 나를 잊게 한다

돈은 나를 잃는다.

저녁 9시까지 짐을 객실 문 앞으로 내 놓고
우리는 크루즈의 마지막 밤을 아쉬워한다
일상으로 돌아가면
우리의 삶을 언제 기약하나
어떻게 크루즈가 삶의 충전인가
무엇 때문에 우리는 일을 해야 하는가
어디서 나를 찾아야 하나
왜 우리는 또 질문하게 되나
누가 삶의 주인인가
나는 묻는다.

캐리비를 지나 멕시코만의 바다에서
나는 바다였으면 좋겠다
육지에서도 나는 바다였으면 좋겠다.

콧수염을 기르려다

면도기를 깜박 잊고
크루즈에 올랐더니
여드레째 콧수염이 길었다
거울도 보고 손으로 만져도 보면서
커 갈수록 부드러워지는 콧수염이 근사해보였다
숙소에 돌아와 턱수염을 깎으니
콧수염이 단정하게 빛났다
며칠 간 남이 한 칭찬은 언어일 뿐이다
비행기 앞자리에 콧수염 기른 젊은이를 보고
나는 집에 오자마자 누가 볼세라 수염을 얼른 밀었다.

불꽃놀이

애써 스스로를 위로할 것 없다
위로란 스스로에게나 필요할 뿐
언제나 태양은 지고
떠나기 때문에 다시 떠오른다.

잠긴 모든 것은 열어야 함을
키웨스트에 와서야 생각한다
그 열도의 수많은 열쇠들이
잠긴 우리 삶의 손잡이다.

한 해를 보내고
또 다른 한 해를 맞이하며
축포의 불꽃을 본다
하늘에 쏘아 올리는 불꽃이
별을 쏘지 못하고
마음이 쏘는 총포소리는
별빛을 흔들 수 없어
우리는 해마다 불꽃을 띄우는지 모른다.

마이애미 키웨스트 선셋

올랜도에서 네 시간을 달려
키웨스트 열도가 시작되는 초입에서 하루를 저장한다
하루를 꺼내어 키웨스트로 향하는 길은
밀려오는 파도처럼
한 해를 마무리하기 섭섭한 하루 전 날에
달리다가 멈추며
멈추다가 달린다.

점점이 이어지는 길은
누구나 호기심도 일어
빠질 듯 빠질 듯
뛰는 휘청거림으로 마침내 도달한 점, 키웨스트
세상의 열쇠는 구석진 곳에서 튼다.

우리는 왜 꼭지에 올라야 하고
우리는 왜 날 선 등성이에 서고 싶어지나
우리는 왜 또 그 끝에 나를 서게 하고 싶어지나
우리는 왜 또 내가 바라보는 그 끝을 향하나
시작점 0마일 키웨스트는 끝점이다
끝이 시작이고 시작이 끝이다.

멀리 쿠바에서 보낸 구름이
저물녘 키웨스트에 피어오른다
내일은 십만이 넘는 인파에
세 척의 크루즈가 보탠다니
점점이 이어지는 열쇠가
세상의 닫힌 문을 연단다.

바다에는 바다가
뭍에는 뭍이
찰랑이는 섬들을 잇고
끌어올리는 낚싯줄 고기들이 한 해를 닫는다
닫아야 열린다는 듯이.

선셋은 섬 후에 찾아오는 일출.

플로리다 더 빌리지스의 노부부

와인 잔을 기울일 땐

구십이 삼십이고 육십이다

내 나이가 어때서

스테이크 한 접시를 안주 삼는다

현관에서 꽉 찬 웃음으로 호흡을 흡수하며

플로리다 빌리지 타운의 삶을 굽는다

팔십의 시어머니가 고기를 굽고

재혼한 구십의 남편이 술잔을 채워 한 사람 한 사람 권한다

서서 일하는 컴퓨터실에 양가 손주들 고등학교 졸업사진이 노

장군의 훈장처럼 벽에 줄지어 붙어 있다

자녀들 찾아오라고

둘이 사는 집을 80평대 고급 주택으로 이사해

크리스마스 장식이 해피뉴이어 인사를 장식한다

집안 구석구석을 안내하고

야외 테라스에서 술과 고기가 사라질 때까지

주인은 울타리 없이 이어지는 도로로 지나가는 마을 사람들

에게

웃으며 반가운 인사를 한다

누구라도 마주치면 인사를 한다

헤이 하이 탱큐 암쏘리,

그리고 손을 들며 미소 짓는다.

일면식도 없는 이들에게조차
자기 삶의 행복을 전한다
앞으로 살아온 날만큼은 더 건강하게 살 듯
혈색이 젊다
십일만 명이 넘는 은퇴자들이 40여 개 이상의 골프장에서
2인 전동차로 쉴 새 없이 도로에 윤기를 내느라 바쁘다.

돌아오는 길에 나는
동삼을 먹고 취한 것처럼 자동차 안에서 긴 동면을 취했다
구십의 청춘이 들어올리는 건배 후
그들의 활기 넘치는 배웅을 받고
나이의 무게로 청춘인 나는 내 숙소에 오자마자 몸을 부렸다.

결혼식

신부와 엄마 머리는 이모들 몫이고 화장은 각자다
택시로 식장에 네 시 넘어 도착할 때까지
혼주는 여자 운전수와 잘 아는 사람처럼 이야기한다.

신부는 언니와 입구에 이젤로 안내문을 세운다
삼십 여 명 앉을 탁자에 물 담은 촛불을 밝히고
하객은 여섯 시 예약 시간 전부터 와인 잔을 든다
신부의 고등학교 친구 둘에 대학 친구와 그 연인들 열 명 가까
이 서로 반갑다
신부를 길러준 팔순의 할머니가 새로 만난 구순의 할아버지와
들어오고
신랑 어머니와 함께 온 새아버지 부부가
새어머니 부부와 피로연이 끝날 때까지 자주 다정하게 모여서
웃으며 대화하고
가끔 부부 홀로일 때 신랑 엄마 새 부부가 탁자에 앉아 카드
놀이를 하며
오십 명이 자리를 옮겨가며 술잔을 기울인다
3층 건물 밖에서 선셋을 배경으로 사진사 요구대로 사진을 찍
는다.

얼굴 가면 안경과 모자 장식을 담아
사진사 조수는 사진 한 장을 종이에 붙이고 하객은 축하의 말
을 쓴다
채워진 사진은 사랑과 축하의 인사를 찍어
앨범으로 들어가 신혼부부에게 간다
두 사람, 두 인생, 하나의 사랑.

한글이 새겨진 전통문양 침실 등불, 그림을 그려 넣은 합죽선,
나무 조각 원앙새는 행복에 대한 감탄,
앞치마를 입은 신랑은 원앙이다.

만삼천 달러 결혼식 피로연은 신랑의 인사말로 시선이 집중되고
신부 할머니의 신부를 기른 이야기가 나이별로 이어지며
신랑 어머니가 감격에 겨워하며 인사하고 함께 기도한다.

뷔페 식사는 디저트까지 열 가지쯤,
결혼식 없는 피로연이 저녁 열 시까지 이어진다
추운 날씨가 바람을 보내 정장 차림을 놀려댄다.

의대생 부부가 원하고 준비한 스몰웨딩에

술 권하는 이도 없어 나 홀로 내 높이만 취한다
작은 결혼식에 내가 더 높아졌다.

새해

하늘에서 감처럼 태양이 떨어진다
때론 비바람에 땡감이 떫게 떨어지고
익어버린 계절에는 가을 하늘을 담은 홍시가 붉게 떨어진다
삶을 채운 감들이
보람을 짊어진 채 일몰의 태양처럼 진다.

술잔에 담긴 한 해가 나를 본다
나는 그 술잔에 말을 건넨다
너의 잔잔히 흔들리는 눈을 응시할 때
열부터 거꾸로 세며 마이애미의 영시에 도달하는 합창이
한 해를 살아온 과거를 닫는다.

가을을 넘어서며 홍시가 온 몸을 지상에 떨군다고
패대기친 것은 아니다
떠난 연인이 더 아득한 그리움이듯
꼬박 채워 지나간 한 해가 내년에는 빈 바구니일지 모른다
지는 태양이건 솟는 태양이건
상실도 아니고 희망도 아니다
단지 지금을 세우려는 것일 뿐이다
언제나 시선을 외면하지 않으려는 욕망이다.

인터뷰

여행, 그 떠도는 자아의 기록

○이 시집은 예컨대 '세계테마기행' 같다. 끝없는 낯섦의 연속이다. 또 설렘과 떨림의 연속이다. 그럼에도 불구하고 시인의 목소리로 듣고 싶다. 여행이란 무엇인가.

여행은 길을 걷는 일이다. 움직임은 목적지가 있기 마련이다. 그러나 목적지에 가면 목적이 없다. 한 걸음, 한 걸음 걷는 발걸음이 목적의 한 조각이어서 목적지에 도달하면 목적은 모두 소멸하고 없다. 목적을 길 위에 펼쳐 놓았기 때문에 목적지에 도달하고 나면 그 목적은 지나온 길을 따라 나에게 이어져 있음을 알게 된다. 여행은 삶의 행위이며 여행의 목적은 그 과정 자체이다. 삶 역시 살아가는 과정 자체가 목적이다. 마른 땅에 스며드는 물처럼 여행지에 스며드는 일이 여행이다. 그런 여행은 자기에게 하나의 삶이 된다. 어디에서 왔는지 어디로 갈 것인지를 잊고 나아가 나를 잊고 그 여행지에 스며드는 일이 길을 걷는 행위이다.

여행의 길은 낯설다. 여행은 낯섦이어서 언제나 새롭다. 여행이 낯선 속에서 설레는 것은 여행지의 공기, 여행지의 숨결에 나를 싣기 때문이다. 자동화된 나를 낯설게 하기 때문에 설렌다. 삶을 전경화하려면 여행을 해야 한다. 어제도 오늘도 같은 일을 하면서 자동화된 일은 의식 없는 반복이고 그러한 삶은 밤에도 쉬지 않고 째깍째깍 흐르는지도 모르는 시곗바늘 같은 삶이다. 인간은 근원적으로 고독하다. 이는 자동화한 삶에 새로움이 없기 때문이다. 여행은 새로움을 준다. 살아 있는 삶으로 새롭게 사는 방법이 여행이다. 여행한 만큼 이 지상에서의 삶이 길어진다. 여행은 지금까지의 삶에서 다른 삶을 살아 보는 일이다. 한번 태어나서 이 세상에서 여러 인생을 사는 방법이 여행이다. 아니 여러 인생을 사는 여행이 되도록 해야 풍요로운 삶이다.

세상에 태어나서 한 가지 방식으로만 사는 것은 아깝다. 지금껏 살아온 방식, 사고, 습관 등을 벗고 여행하는 동안만이라도 여행지 방식으로 산다면 삶은 그만큼 풍요로워진다. 몇 세상을 사는 셈이다. 이런 까닭에 관광이 아니라 여행이어야 한다. 먼발치에서 겉모습을 방관자처럼 구경하려는 것이 아니라 여행지 속으로 스며드는 일이어야 한다.

소설가 김영하는 여행을 상처를 몽땅 흡수한 물건들로부터 달아나기라고 말한다. 그는 여행의 성공이라는 목적을 향해 집을 떠난 주인공이 이런저런 시련을 겪다가 원래 성취하고자 했던 것과 다른 어떤 것을 얻어서 출발점으로 돌아오는 것이 여행기라 한다. 마르코 폴로의 《동방견문록》이 그렇고 《길가메시 서사시》, 《오뒷세우스》가 그렇단다. 주인공들은 처음 길을 떠날 때와는 전혀 다른 존재가 되어 고향으로 돌아오는 이야기이다. 이들은 성취라는 여행의 목적이 있다. 영어의 'travel'은 그 어원이 고생, 고역으로 역마살처럼 힘든 삶을 포함한다. 그 고생, 고역으로 성취를 얻는다. 그러나 더 크게는 여행은 자기를 묶고 있던 것들로부터 자유다. 소설가는 삶이 부과하는 문제가 까다로울수록 여행을 갈망하고 그것이 리셋에 대한 희망이었을 것이라 고백한다. 삶의 난제들에 맞서기도 해야겠지만 가끔은 달아나는 것도 필요하단다.

랄프 왈도 에머슨의 ≪세상의 중심에 너 홀로 서라≫에서나 노자의 ≪도덕경≫에서는 배움의 측면에서 여행을 부정적으로 본다. 그러나 나에게 여행은 자동화된 나를 버려서 나를 낯설게 보는 떨림이며 설렘이다.

○이 시집을 횡단하고 있는 키워드는 '여행'이다. 그리고 시집 제목처럼 여행과 관련된 그림자의 노래가 울려 퍼지고 있다. 어려운 말이지만 여행보다 시가 앞서는 것인가 아니면 시보다 여행이 앞서는 것인가. 무엇이 먼저라고 할 수 있는가. 간혹 시를 쓰기 위해 여행을 한 적은 없는가.

질문이 근본을 생각하게 한다. 살기 위해 먹는가, 먹기 위해서 사는가의 질문 방식이다. 정신이 주도하는가 육신이 정신을 지배하는가의 물음 같다. 지금까지 받은 교육, 도덕률 등을 버리고 나 혼자라고 생각해 보자. 배고프니까 먹는다. 살기 위해 먹는데 먹는 일이 행복하다. 그러니 살기 위해 먹으면서 먹기 위해 산다. 정신이 육신을 이끌 수 있지만 육신이 허물어지면 정신도 따라서 허물어진다. 건강한 신체에 건전한 정신이 깃든다. 무엇이 앞이고 무엇이 뒤인가. 무엇이 주인이고 무엇이 종인가. 모든 것은 섞여 있다. 사람에게도 남성성과 여성성이 동시에 들어 있다.

여행보다 시가 앞선다면 여행은 없고 시는 인위가 된다. 시는 여행이 넘칠 때 여행의 표면으로 삐죽이 솟아난다. 그럴 때의 시는 감정의 산물이다. 시가 앞서건 여행이 앞서건 시는 막 거른 날의 막걸리 같다. 막걸리도 고기처럼 숙성하지 않으면 물맛만 난다. 물론 물맛으로 술에 취하고자 하는 사람도 드물지만 있을 것이다. 펜을 떼는 순간의 시는 물맛 같은 막걸리인지도 모른다. 그 기록을 숙성하면 내가 생각하는 시에 가까워진다. 여행지에서는 시를 거르고 돌아와서는 시를 숙성시킨다. 분명한 것은 여행 중이거나 여행이 끝나고 기록하지 않으면 아무것도 없다. 아니, 그저 읽기 쉽게 짧게 운문 형식으로 쓴다. 그 결과가 시가 된다. 원래 기록은 신을 위한 노래에서부터 시작했으므로 그 기록은 언젠가 내가 따르는 신을 위한 기록이 될지 모른다. 그것이 시이다. 시는 삶과 여행을 따를 뿐이다.

○여행은 나를 만나는 것인가, 나를 비워서 초기화하는 것인가, 아니면 여행지를 만나는 것인가, 아니면 이 시집 어느 시 구절처럼 '껍데기를 다 버릴 때까지' 걷는 것인가?

행운유수, 구름이 가고 물이 흐른다. 장애 없이 어디로든 가기에 떠나지 못하는 이들이 경외한다. 구름처럼 변하며 가고,

물처럼 변하며 세상을 대한다. 일정한 형태가 없이 늘 변하니 변화무쌍한 세상에 대한 외경이다.

박목월은 "구름이 달 가듯이 가는 나그네"를 노래한다. 꿈의 고향인 남도를, 마음의 깊이라야 도달할 삼백 리를 구름에 달 가듯이 가는 나그네를 동경한다. 나그네는 왜 달 가듯이 가는가!

철학자 가브리엘 마르셀은 인류를 호모 비아토르(Homo Viator)라 한다. 여행하는 인간, 길 위의 나그네이다. 움직여야 건강한 인간, 인간은 어디에 살거나 노마드(nomad)다. 유인원이나 침팬지는 움직이지 않아도 건강한데 인간은 움직이지 않으면 온갖 질병에 걸린다. 호모 비아토르다. 인류는 걸어서 세상을 지배했다. 길 위의 인간, 나그네 인생이다.

아무도 아는 이가 없는 낯선 땅, 아무도 알아주는 이가 없는 여행지에서 나는 어떤 존재인가? 여행지의 주민들에게 나는 어떤 존재, 어떤 사람인가? 나는 나를 무엇이라 설명할 수 있는가? 내 알맹이는 무엇인가? 내가 누구인지 아무도 모르는 곳에서 나는 누구인가? 그때 비로소 나를 볼 수 있다. 나를 모두 비워야 새롭게 채울 수 있다. 고장 난 컴퓨터는 종종 초기화함으로써 고쳐진다. 스마트폰을 가끔씩 껐다 켜야 버벅대지 않는다. 삶도 종종 껐다 다시 켜야 한다. 그것도 아니라면 아예 초기화하여 프로그램을 다시 깔고 다시 환경을 설정해야 한다. 이전에 했던 설정은 잊고 다시 설정하듯이 여행은 삶을 초기화하여 백지에서 새롭게 시작하게 한다. 아마 구름에 달 가듯이 가는 나그네가 되어야 가능하지 않을까! 시가 시에 가까워질수록 껍데기를 허물처럼 벗게 될 것이다. 여행은 일상에서 할 수 없는, 단번에 허물을 벗는 방법이다. 문제는 돌아오면 모든 것이 다시 돌아온다는 점이다. 살아 있는 부처라 했던 지족 선사가 황진이를 한 번 보고 파계했다지 않은가!

○이 시집의 어느 부분은 가령, 가히 비우고 채우고 걷고 떠나고 버리고 다시 '비움과 채움'의 이어짐인 것 같다. 이와 같이 어느 구절에선 여행이 아니라 시가 아니라 마치 철학적 사유마저 느껴진다. 시인의 생각을 직접 듣고 싶다.

니체는 정신건강을 위해 사람들은 모두 많은 여행을 해야 한다고 말한다. 사람들은 저마다 세상 물정에 대해 일정한 견해를 거의 변함없이 갖고 있고, 그 견해는 머릿속에서 점점 굳어지고 나날이 전제 군주적으로 되어 가기만 한다고 그 이유를 말한다. 이 말에 나는 격하게 공감한다. 전제 군주적인 견해를 버리는 기회가 여행이다. 비워야 새로운 개념과 감정이 들어선다. 여행은 다른 나로 살아가게 하는 자극제이며 힘이다. 이를 위해 니체는 자주 펼칠 책이 있어야 한다고 말한다. 이 시집은 나에게 가하는 비움의 글이다. 갈고 다듬어서 내가 나로 설 수 있는 채움의 시간이 여행임을 잊지 않으려는 다짐이다. 1부의 첫 시와 마지막 시는 비우고 채우고자 하는 나의 고백이다. 여행을 떠나서도 자기의 애착을 버리지 못하는 굳건함을 파괴하려는 폭탄이다.

니체는 여행자를 다섯 등급으로 나눈다. 가장 낮은 등급의 사람들은 여행할 때 남에게 관찰'당하는' 입장의 여행자들이다. 두 번째 등급은 실제로 스스로 세상을 관찰하는 여행자들이며, 세 번째 등급은 관찰한 결과에서 어떤 것을 체험한다. 네 번째 등급의 여행자는 체험한 것을 다시 체득해서 어떤 것을 체험하는 사람들이다. 최고 등급의 여행자는 관찰한 것을 모두 체험하고 체득한 뒤, 집에 돌아와서 곧장 그것을 다시 여러 가지 행위와 일 속에서 필연적으로 발휘하며 내면화해 나가는 사람들이다. 모든 것을 버리고 떠난 여행에서는 니체의 말처럼 자기 삶에 대한 사유가 꿈틀거린다. 삶이 혼자임도 확인하는 시간이다. 삶은 원래 고독이 아닌가! 그러니 여행이 삶인 여행시는 철학이 아니겠는가! 사유하며 자기를 보는 거울이 아닌가!

○통상 여행 관련 시를 '여행 시'라고 일컫는다면 이 시집도 그 범주에 넣어야 할 것이다. 그러나 여행 시라고 해도 그 여행지에 관한 관광 리포트는 아닐 것이다. 이러한 이유 때문에 여행이라는 틀에 갇힐 수밖에 없다. 이러한 틀에 대한 편견이나 견해를 어떻게 생각하는가.

이육사는 그의 산문 〈산사기〉에서 "여행이란 이유가 필요하다면 그것은 여행이 아니고 사무인 까닭이다. 그러므로 내가 여행을 한다는 것은 여정(旅情)을 느낄 수 있으면 그만이다."라고 서술한다. 어디를 간다고 계획하거나 결의한다면 여행의 느낌은 사라지며, 마음으로 어딜 가보았으면 하는 생각을 했을 때 벌써 여행 중에 있는 것이라고 덧붙인다. 육사는 여행은 이유나 목적이 없다고 말한다. 육사의 여행에 대한 견해가 진정한 여행일 것이다. 여행은 여행이 목적이어야 한다. 다른 어떠한 목적 없이 여행이 목적일 때 여행이 여행답다. 이를 달리 표현하면 여행지에 대한 관광 리포트라면 여행이 아니고, 여행에 충실하면 여행시 또한 없다. 아마 가장 훌륭한 여행자의 여행을 우리가 알 수 없는 것은 이런 까닭인지도 모른다.

여행에 대한 정보만 전달하면 안내서가 되고, 시인의 사상이나 깨달음 또는 고백이라면 굳이 시가 여행일 필요가 없다. 여행시가 주는 매력은 여행에 대한 정보와 함께 시인의 감성이 표현될 때일 것이다. 감상만 있다면 독자는 여행지를 알지 못해 시에 다가가지 못하고 정보만 있다면 전문 안내서를 따르지 못한다. 여행이 일상이 되어 가고 있다. 그런 면에서 여행시가 삶의 폭을 넓히는 기회가 되어야 한다. 책을 읽는 사람들이 줄어드는 시대에 간결한 시 형식으로 정보와 그 정보를 통한 인식의 확장, 낯섦에 대한 이해가 새로운 장르로 형성되어야 한다는 생각이다. 기록하기 위해서가 아니라 여행에 몰입한 상태의 기록은 여행을 목적으로 하는 데에도 도움을 주리라 믿는다.

○이 시집은 인도, 중국, 중앙아시아, 멕시코 등 남미까지 아우르고 있다. 그 방대한 시적 영역이 이 시집의 또 넓이이며 높이일 것이다. 여행 관련 시에 대한 입장이 있으면 무엇인가?

여행지의 정보와 함께 여행지에 대한 시적 감흥이 나타나면 좋겠다고 생각하며 글을 쓴다. 독자가 시인의 고백이나 깨달음에 공감하지 못하면 정보를 얻는 즐거움만이라도 있어야 한다. 그것이 여행시에 대한 글 쓰는 이의 예의라고 생각한다.

○이왕이면 '무슬림 회당'도 관광 가이드북처럼 안내해 줄 수 있는가.

우리에게 무슬림 회당은 이국적이다. 무슬림 회당을 이슬람 사원이라고 한다. 모스크라고 하며 아랍어 마스지드에서 유래했다. 마스지드는 이마를 땅에 대고 절하는 곳이라는 의미이다. 모스크는 공동 기도 의식을 위한 자유 공간으로 아무것도 없이 카펫이 깔린 실내 공간이다. 메카를 향하도록 화려하게 장식된 벽면이 있고, 설교를 위한 단이 있다. 마스지드는 단순히 모스크를 의미하고, 자미는 금요일 기도를 위한 모스크이다. 회랑 한쪽에는 첨탑인 미나레트가 있다. 무에진이 미나레트에 올라가 예배를 권유하는 아잔을 소리높여 낭송하지만 지금은 대부분 확성기가 대신한다. 모스크나 미나레트는 파란색의 타일을 붙여 기하학적 문양을 그렸다. 유명 모스크들은 천장이 매우 화려하다. 중국에서는 청진사(淸眞寺)라 한다.

무슬림 사원, 곧 모스크는 반드시 신발을 벗고 들어가야 한다. 특히 인도에서는 죽은 동물 가죽을 부정한 것으로 보고 가죽으로 만든 신을 더럽다고 여긴다. 인도인들이 샌들이나 슬리퍼를 많이 신는 이유이기도 하다. 그들에게 머리가 브라만이라면 두 발은 수드라이다. 신발을 신지 않는 이유이다.

신발은 사원에서 무료로 맡아 준다. 다음에 무슬림들은 발과 얼굴을 씻는다. 씻는 일은 신을 맞이하는 마음의 의식이다. 여행객들은 안내인들이 주는 천으로 머리를 싸매고 들어

간다. 반바지나 나시, 반치마로는 입장할 수 없다. 여성은 머리와 목을 가려야 한다. 무슬림 사원을 방문하고자 한다면 가방에 긴 바지를 넣어 가야 한다. 사원 안에서 소리를 지를 수 없고, 담배를 피우지 못하며 음식을 가지고 갈 수 없다. 기도하는 공간은 신을 위한 자리이다.

○사막 위에서의 하룻밤이 눈에 선하게 보일 듯하다. 달과 별과 순례자와 모래와 사막 투어 불빛과 개들의 눈빛도 보일 듯하다. 사막에 가면 사막에 관한 사유를 하게 되는가. 삶에 관한 사유를 하게 되는가. 사막이란 또 무엇인가.

사막에 가면 모두 밤하늘의 별을 본다. 생명이 살 수 없는 땅, 그곳에 생명체인 내가 서 있다는 것이 경이롭다. 고운 모래의 모래사막, 능선을 따라 태양이 떠오르고 지는 일출과 일몰의 광경, 사막을 걷는 긴 낙타 행렬 등이 아름답기 그지없다. 나는 그런 사막을 한 번 가봤다. 둔황 지역의 명사산이다. 그 사막도 끝없이 모래사막으로만 펼쳐지는 것은 아니다. 미국 죽음의 계곡의 모래사막은 그 너른 벌판에서 한 부분이다. 몽골의 사막, 중국에서 둔황까지의 사막, 중앙아시아의 끝없이 펼쳐지는 사막, 인도에서의 사막 등 모두가 흙먼지와 돌과 가뭄에 견디지 못하고 뿌리째 말라 버린 풀포기와 소금 결정체로 덮인 흙덩이이다. 우리가 생각하는 아름다운 사막은 텔레비전 화면 속에나 있다.

별은 다르다. 사막에서도 모래알처럼 쏟아지고, 초원의 유르트에도 초원을 덮을 만큼 쏟아진다. 그런데 인도의 관광지 속 모래사막에는 별이 없다. 별은 시끄러움을 싫어하고 불빛을 좋아하지 않는다. 그런 까닭에 사람도 전등불도 잠잘 때 새벽녘 밖에 있는 화장실을 갔다가 돌아오다가 별을 본다. 밖이 춥거나 전등불도 없어 어둠으로 나서기 어려운 조용한 밤에 별들이 쏟아진다. 우리가 죽을 때까지 쏟아져도 남을 은하계의 별들이 남들 다 자는 밤에 아름다운 사랑에 빛을 뿌린다.

내 어릴 적에는 전기도 들어오지 않고, 초저녁인데도 시골 개울가에 사람들이 없다. 깨끗한 조약돌 위에 더위를 피해 누워있으면 은하수가 계절을 따라 방향을 틀며 하늘을 가득 채웠다. 별이 얼마나 많았는지는 형용할 말이 없다. 그런 시골에 지금은 가로등이 켜지고 하늘은 그 전등 불빛으로 별빛이 들어가고 말았다. 지금이라도 조용하고 전등 불빛이 없는 산이거나 들판이거나 해변에 나가 하늘을 보라. 아직도 다 쏟아지지 않은 별들이 하늘에 가득하다.

사막에 가면 별이 사라진 시대, 별을 가려버린 시대가 먼저 떠오른다. 어린 시절 시골이 떠오른다. 잃어버린 것들이 떠오른다. 가끔 시내 천변의 밤길을 걷다가 하늘만 보려고 손을 보아 주위를 가리고 하늘을 본다.

또한 사막에 가면 말라비틀어져 썩지도 않는 풀을 본다. 그 위를 걸었던 사람들을 생각한다. 집은 잠시 들르고 마는 사막 위의 인생들을 생각한다. 낙타가 죽고 행상이 죽었을 작열하는 태양을 생각한다. 그 태양이 지평선으로 사라지고 나서 추위가 가져오는 죽음을 생각한다. 그들에게도 밤에는 별들이 쏟아졌다.

○타지마할에서 '사랑이여 기억이여 추억이여' 그런 것보다 끝부분의 '가짜가 진짜 사랑임을 끔찍이 경외하라'가 인상적이다. 그 구절의 심정적 배경이 궁금하다.

수많은 이들이 가보고 싶어 하는 타지마할에 대한 나의 경탄이다.

○인도는 특히 갠지스 강은 '혼란과 혼돈'의 성지인가, 산 자와 죽은 자의 성지인가, 삶과 죽음, 업과 윤회의 성지인가, 희망과 고통의 성지인가?

인도를 여러 번 여행한 것도 아니고 그곳에 살지도 않았기에 ≪인도에는 카레가 없다≫의 저자가 쓴 말로 답을 대신하고 싶다. "인도를 일주일 여행한 사람은 책을 한 권 쓰고 일곱 달을 머문 사람은 글을 한 편 쓰지만 인도에 7년 동안 거주한 사람은 아무것도 쓰지 못한다." 인도는 인도를 품은 갠지스다.

○'지구의 삶을 마주하려면 인도에 가라'고 했다. 신들을 마주하려면, 인생 군상을 보려면, 쓰레기를 보려거든 인도에 가라고 했다. 특히 이 시집의 제2부는 유난히 인도에 집중되어 있다. 여행자로서 또 시인으로서 인도에 집중한 이유가 무엇인가.

인도는 호불호가 극명하게 갈리는 여행지이다. 왜 하필이면 인도냐는 질문이 가장 많다. 수많은 이들이 질문을 한다는 것은 답이 쉽지 않기 때문이다. 답이 궁색하거나 설득력이 없는 대답도 한 이유다. 분명한 것은 한 번 인도를 가본 사람들 중 상당수는 다시 인도를 가려 한다는 것이다. 뉴델리와 바라나시 등 북인도를 여행했으니 뭄바이를 중심으로 하는 남인도 여행을 계획한다. 아니면 스리랑카를 선택한다. 또 많은 이들은 바라나시를 매년 찾는다. 그들에게 어떤 이들은 왜 또 인도냐고 질문한다. 세월이 흘렀는데도 답을 나는 아직 못 찾았지만 궁색하나마 답해 보자. 내가 인도를 찾는 이유는 한마디로 천의 얼굴을 가진 나라여서이다. 인도는 지금까지 내 인식과 판단을 초기화할 수 있게 자극을 준다. 인도는 인간의 기준으로 만든 합리성과 도덕을 한순간에 흔든다. 석가모니나 예수, 노자나 장자, 조르바나 니체 같은 사고의 전환이 이상할 것 없는 나라이다. 더 구체적으로 인도는 인간의 나라이다. 인도에 가면 인간 삶의 모든 것에 직면한다. 모든 현상과 사상이 길에 펼쳐진 나라이다. 수많은 얼굴의 나라가 인도이다. 여러 나라다닐 것 없다. 여행의 불편함을 감수해도 많은 것을 경험하고 체험하며 많은 것이 남는 나라이다. 진실과 거짓을 다시 정의하고 다시 그것을 대하는 자세를 갖게 한다. 인도는 지금까지 나의 사고를 잊게 한다. 인도는 또한 신의 나라이다. 종교 경전과 서사시가 주는 우주의 세계가 펼쳐진다. 10억이 넘는 인구에 그들이 믿는 신이 그만큼 많다고 한다. 인도 사람들이 신이고 그들이 믿는 신들이 그들과 함께하는 나라이다. 인간의 소망이 만든 모든 신들이 골목마다 거리마다 가정마다 있는 나라이다. 또한 인도에는 신들 숫자만큼 개와 소가 거리를 누빈다. 인도는 또한 불평등과 모순과 깨달음의 나라이다. 인간 사회는 본래 불평등과 모순이다. 인간 삶의 박물관이 인도이다. 인더스 동쪽의 땅, 인도에는 다르마가 있다. 혼돈의 인도는 ≪

베다≫와 ≪우파니샤드≫가 있는 나라이다. 인도는 천의 얼굴이다. 미국의 마크 트웨인은 인도를 모든 사람이 꼭 한 번 보고 싶어하는 단 하나의 나라라고 말한다. 인도에서는 동시에 여러 시대, 동시에 여러 문화를 경험한다. 인도 하나면 된다.

○1인용 침대 하나, 식탁 하나, 책상 하나, 옷장 하나… 마더 테레사 하우스는 마치 어느 옛 시인의 하우스처럼 읽힌다. 가난이 종교가 되고 가난이 시가 되고 가난이 시인이 되었던 그런 시대가 있었다. 물론 지금은 결코 그런 시대가 아니다. 그럼에도 불구하고 시인의 삶과 시의 관계에 대해 평소 어떤 생각을 하고 있는가.

시는 맑음을 지향한다. 맑음은 티끌이 없는 상태, 순수라고 할 수 있다. 대상의 본질은 순수이다. 본질이 목적이다. 그 순수를 살아가려는 이들이 시인, 수도자, 구도자, 명상에 빠진 이들이다. 마더 테레사의 소박한 삶은 맑은 정신만을 지향한다. 1인용 침대 하나, 책상 하나, 옷장 하나가 작은 방을 차지할 뿐이다. 영혼이 맑으니 더 이상 다른 것이 필요 없다. 오히려 그 이상은 영혼을 흩어버리는 먼지일 뿐이다. 그렇다고 가난을 노력할 것은 아니다. 생활 속에서 사람이 사람의 본질인 사람답게 살면서 얻는 것들은 맑음이며 순수이고 그 행위 자체가 목적일 수 있다. 물질이 신이 된 시대, 물질이 차고 넘치는 시대에 물질이 찾아오는데도 시인이라고 구태여 가난을 찾아갈 것은 없다. 가난은 행위의 결과이지 목적이 아니다. 다만 테레사 수녀 같은 자세, 죽어서까지 자신의 몸을 드러내어 사진을 찍을 수 있도록 하는 태도는 나를 돌아보게 한다. 가난은 종교가 아니라도 마더 테레사는 종교가 된다.

시가 언어의 놀이라는 측면도 있다. 시인이 하는 놀이라지만 그 언어 놀이는 시인의 심장에서 나오는 놀이이다. 놀이를 위해 심장을 속이고 하는 놀이는 놀이에선 이길 수 있어도 놀이의 감동은 없다. 기교만 남는 시, 시인의 삶을 배반하는 시, 시인의 심장과 유리된 시는 가난한 시가 아니다. 행동과 다르게 말하는 사람들을 우리는 어떻게 보는가? 그런 면에서 윤동주의 서시나 쉽게 씌어진 시는 순수한 시인의 모습이다. 그런 삶이 시인이다. 아름다운 경치를 감미로운 언어로 읊어대는 것만이 시는 아니다.

○안나푸르나가 보이는 페와 호숫가에서 노부부처럼 바라보는 여행자의 모습이 눈에 띈다. 그곳에선 시를 놓칠 수도 있을 것 같다는 생각이 든다. 풍경이 시를 놓아줄 것 같지 않다. 그곳에서 시는 무엇이었던가.

한 마디로 그곳의 풍경은 시이다. 입으로 읊조리는 노래이다. 물아일체(物我一體), 몰아지경(沒我之境), 무아지경(無我之境)이다. 나를 잊고 풍경에 빠진 상태, 그 묘사가 시이다. 안나푸르나의 설산을 향하는 마음, 호수를 바라보다가 마음이 풍덩 빠져버린 상태, 호수에 떠있는 배에 넋이 빠져 조각처럼 움직임이 없는 고요, 풍경이 시를 잡고 있다. 나를 잊고 그 풍경 속에 들어앉으니 그 정경이 시이다. 그 풍경에 나를 잊고 맥주 잔조차 잊고 책에 빠져버린 여행자들은 어둑해진 밤에 반딧불

이가 그리는 환상 속으로 이동한다. 더 늦은 시간이 되면 가난한 여행자들은 구석진 숙소로 돌아가고 아직도 주체하지 못하는 열정을 가진 이들은 젊은이들의 춤판을 찾아 나선다. 내 이름조차 잊고 남겨 놓고 온 자신도 잊고 주렁주렁 달린 다른 사람들도 떼어놓고 풍경에 나를 놓으면 그것이 시이니 풍경이 시를 붙들고 있다. 폐와 호수는 이름조차 호수답다.

○가을 낮에 걸어보라는 카자흐스탄 알마티 시내와 가을 밤에 걸어보라는 키르기스스탄 오쉬 거리도 보인다. 여행도 끝이 없고 시도 끝이 없다. 여행자는 길을 걷고 시도 그 길을 걷는다. 여행과 시의 만남이다. 이번 시집의 시들은 대체로 언제 썼는가. 여행 중 어떤 식으로 메모를 했는가.

　군대에서도 일기를 썼다. 직장을 다니던 어느 시기에 일기를 멈춘 적이 있다. 퇴직 후에는 토요일과 일요일을 제외하고는 출근처럼 일기를 쓴다. 때로는 반칙으로 토요일이거나 일요일에는 하루에 두세 건의 일기를 쓴다. 새로운 일도 특별히 없는 일상에서 일기는 새로운 것을 보게 한다. 아니 새롭게 인식하게 한다. 읽어야 하고 생각하게 되고 새롭게 보게 되며 내 삶을 돌아보게 한다. 그런 기록이 쌓이면 무언가 될 수 있다.

　여행이 끝나고 나면 아무것도 없다. 사진도 찍을 때만 즐겁지 돌아와서 컴퓨터에 옮겨 놓고 다시 보지 않은 사진이 더 많다. 시간이 지나면 한두 가지 인상만 남는다. 이런 때 일기는 생생함의 기록이 된다. 일기를 여행 중에도 쓰기 시작했다. 여행지의 기록은 하루만 지나도 잊는 것들이 많다. 간식비나 교통비 등도 일기에 기록했다. 일기를 쓰다가도 여행이 가슴을 채우고도 넘칠 때는 시 형식으로 나아갔다. 물론 창일한 감정의 표현이지만 여행에서 돌아와 읽어보면 단순한 기록 이상의 느낌이다. 글을 정리하면서 글이 숙성되고 여행은 돌아와서도 이어진다.

여행 중에 오랜 시간 이동할 때 차 안에서 그날의 일기를 시 형식으로도 쓴다. 하루 여행이 끝나고 잠자리에 들기 전에 하루를 정리하면서 글을 마무리한다. 아침에 일어나서 식사하기 전과 식사 후 여행에 나서기 전에 어제 쓴 글을 다시 읽어보고 블로그에 올린다. 그 결과물이 이번 시집의 바탕이 되었다.

알랭 드 보통은 《여행의 기술》에서 말한다. "여행은 생각의 산파다. 움직이는 비행기나 배나 기차보다 내적인 대화를 쉽게 이끌어내는 장소는 찾기 힘들다." 그는 이런 말도 한다. "여행은 비록 모호한 방식이기는 하지만, 일과 생존 투쟁의 제약을 받지 않는 삶이 어떤 것인지를 보여준다." 이것이 여행의 기록이다.

○시의 독자는 생각보다 훨씬 빠르게 소멸하고 있다. 시가 읽히지 않는 이 시대에 시를 쓰는 시인의 심경은 무엇인가?

책을 읽지 않는 시대라고들 말한다. 시의 소멸은 그런 말이 나오기 전부터이다. 이는 사회의 문제이면서 시인의 문제이다. 이를 말하기 이전에 지금도 많은 이들은 시를 읽고 시를 쓰고 있다. 문화행사에서 시 낭송가를 초청하고, 공공도서관이나 복지관에서 시 창작반이 활발하게 움직인다. 개인 시집을 선

물하기도 한다. 그런데 왜 사회의 문제이면서 시인의 문제라고 말하는가?

사회의 문제는 천민자본주의의 강력한 영향이다. 돈이 자존심이 되어버린 시대를 시가 붙잡지 못하고 있다. 자기 계발서와 수험서, 학생 참고서가 주로 베스트셀러가 되는 시대, 맨 먼저 대학에서 국문과나 철학과를 없애는 현상은 이의 반영이다. 이러한 문제는 사람다운 행복을 꿈꾸다 보면 다시 시로 돌아올 수 있을 것이다. 이런 사회의 문제보다 다른 측면에서 시의 문제가 크지 않은가 생각해 볼 수 있다. 시가 어렵고 삶과 거리가 멀수록 시는 외면 받기 쉽다. 시 낭송가들이 낭송하는 시들은 쉽다. 그리고 가슴을 두드린다. 그런 면에서 지금의 시는 트로트 가사보다 흡입력이 없다. 초중고교 교과서에 수록된 시들을 보면 그다지 어렵지 않다. 그런데 시인들이 뽑은 시들은 어렵기만 하지 감동이 없다. 시가 인간의 삶과 사물의 본성에 대한 고백이거나 깨달음 또는 인식의 확장이라 해도 모두가 어려워야 하는지는 고민할 일이다. 시가 유행처럼 어느 경향을 띠는 것은 1930년대 카프 문학을 떠올리게 한다. 유행이 아니라 시의 본질을 살피면서 각각의 개성이 드러나면서 감동을 어떻게 줄 것인지를 고민한다면 대중의 사랑을 받을 것이다. 자기를 죽이고 시 전체를 죽이는 방식의 시 쓰기를 벗어나야 한다. 그런 면에서 시인은 각자의 모습으로 시를 써야 할 것이다. 시의 건강성이 사람다운 삶을 만들어 갈 수 있다. 모두가 낯설게하기에만 매달리거나 좁은 구멍을 망원경으로 볼 필요만은 없다.

○끝으로 인생 시집이 될 만한 시집 두어 권을 소개할 수 있는가? 그리고 문학 동인이나 문학을 같이 공부한 혹은 문학을 함께 논할 수 있는 문우가 있다면?

시집이거나를 따지지 않고 생각을 도끼로 내려치며 삶을 긍정하는 책들을 읽으려 한다. 우리 문학사에서 동인 활동을 하지 않았던 김소월, 한용운, 윤동주가 존경할 시인임을 잊지 않으려 할 뿐이다. 스토리를 간결하게 이미지로 담고 싶을 뿐이다. 시인은 자신으로 존재해야 한다.

여행 그림자의 노래

ⓒ최기재, 2024

1판 1쇄 인쇄__2024년 04월 20일
1판 1쇄 발행__2024년 04월 30일

지은이__최기재
펴낸이__양정섭

펴낸곳__에서
　　　등록__제2019-000020호

제작·공급__경진출판
　　　사업장주소__서울특별시 금천구 시흥대로 57길 17(시흥동), 영광빌딩 203호
　　　전화__070-7550-7776　팩스__02-806-7282
　　　네이버 스마트스토어__https://smartstore.naver.com/kyungjinpub/
　　　이메일__mykyungjin@daum.net

값　14,000원
ISBN　979-11-91938-60-9　03810